花嫁候補の令嬢は、
200年前、魔王に恋をした。

夏 みのる

illustration 成瀬あけの

ICHIJINSHA IRIS NEO

CONTENTS

この作品はフィクションです。
実際の人物・団体・事件などには関係ありません。

花嫁候補の令嬢は、200年前、魔王に恋をした。

【プロローグ】

「お父様、お母様。これまでの御恩に報いることができるのならば、今がそのときだと思っています。……どうか、わたしを差し出してください」

ドレスのスカートを持ち上げたセルイラは、義父母を前にして深々と礼をとった。

人の世では未知の種族と恐れられ、歴史を辿《たど》れば惨《むご》いおこないを多々起こしてきたとされる、魔神の加護を賜る魔の末裔《まつえい》——魔族。

そんな魔族の長《おさ》『魔王』の副官から、水神の加護を賜るオーパルディアの王城にとある書簡が届いたことで、多くの権門勢家は重大な局面を迎えていた。

『魔王は人間の娘を妻に所望している。歳《とし》は十五からとし、未婚者であること。健康体であること、身元が確かな貴族の娘から精選すること。また——』

お世辞にもうまいとはいえない解読文は、その後も長文に渡って綴《つづ》られていた。

(なんて一方的で、どこまでも人を馬鹿にした文言なの)

セルイラは視線をずらし、昂《たかぶ》る感情を堪《こら》えるように深呼吸をする。

年頃の貴族の娘ならば、泣き崩れているに違いない状況下で、セルイラは強く前を向いていた。

——セルイラ・アルスター伯爵令嬢。

彼女はアルスター伯の長女として十八年間、なに不自由なく暮らしていた。

その輝かしい社交界デビューを飾ったのは、十五歳の夏の頃。

透けたプラチナブロンドの髪、長い睫毛《まつげ》が縁取るのは海の光を凝縮させたように蒼《あお》く美しい瞳。肌は陶器のようになめらかで、皆が揃《そろ》って褒めそやす美貌を備えたセルイラは、一躍社交界の華となった。

それから早くも三年が経《た》ち、婚姻するには申し分ない年齢となっていたが、当の本人は興味すら示さず婚約者もいない状態だった。

縁談話は次々と舞い込んでくる。しかし、セルイラが首を縦に振ったことは今まで一度もない。

また、アルスター伯の権限を利用し、城の書庫に入り浸る日々を繰り返していた彼女を、周囲は密《ひそ》かに変わり者とも囁《ささや》いていた。

（……こんなことが起こるなんて、思いもしなかった）

セルイラは書簡の写しを目にしながら、静かに息を吐いて思い耽《ふけ》った。

【第一章】

——時は、少しだけ遡る。

セルイラは日を追うごとに色濃くなっていく前世の記憶の夢から目を覚まし、涙で頬を濡《ぬ》らしていた。

前世とは、セルイラとして生きる前の別の人生のこと。

魔族の王として君臨していたノアール・クロシルフルの贄《にえ》として、二百年前に魔界へ放り込まれた『セラ』という少女の記憶だ。

魔王の子を産み、強制的に故郷へ返された挙句、この上ない絶望を突きつけられた——そんな憐《あわ》れな女の記憶である。

セルイラが見る夢は、いつも決まって幸せに溢《あふ》れる光景から始まる。

生まれたばかりの娘を抱え、元気に走り回る息子の背中を見守りながら、前世の自分である『セラ』が満ち足りた思いのなか花畑に立っているのだ。

そして、彼が現れる。

『セラ』

人間とは言語が異なるため、夢の中のセラは会話のほとんどを聞き取れない。それでも優しく囁《ささや》かれた自分の名前だけは聞き逃さなかった。

「ノア……」

幸せだと、感じていたはずだった。このときまでは。

――視界が暗転する。

次の瞬間には、悲しみと憎しみの感情だけが胸に渦巻いた。

一面の花畑は消え去り、場面が移り変わったのだ。

「……返そう、すべて。体も、時間も、記憶も――そなたと私が、出逢《であ》う前へ」

目の前には、魔王ノアールがいる。

セラが、彼に向かって手を伸ばしていた。

透明の膜に包まれた全身を、前へ、前へと動かして。

（いや、忘れたくない。戻さないで、消さないで……っ）

激情に駆られたセラの瞳に宿るのは、湧き上がる哀《かな》しみと、底知れぬ怒りだった。

うまく言葉も話せず、瞼《まぶた》が閉じる最後の一瞬まで彼を目に焼きつけることだけが、あの日の自分にできた最後の抵抗だったのだ。

（ああ……もっとあなたに、歩み寄っていれば良かったの？）

過ごした時間は、たったの数年だった。

それでも確かに芽生えていた感情がセラにはあったというのに。

結局は子を作るための道具に過ぎず、彼にとって自分はただそれだけのために連れてこられた『生贄』だったのだろう。

（ねぇ、ノア）

それでも知っていて欲しかった。これだけは伝えたかった。

開こうと動かした唇が、鉛のように重い。

（わたしは……っ）

——再び、視界が暗転する。

聞こえてきたのは、撫《な》でるように優しい波音だ。

「……ここは」

目を開けると、見覚えのある砂浜が広がっていた。

海は透き通るような青で、さざ波がきらめいている。そこはセラの故郷の海だった。

懐かしい景色に浸る余裕もなく、ただ夢の中のセラは首を何度も左右へ動かした。

肩を震わせ、ぽたぽたと瞳から流れる雫《しずく》が白浜にしみを残していく。

「……っ、本当に、ひどい」

力のない笑みをこぼしたまま、小さな声でセラはつぶやいた。

「忘れられて、ないじゃない」

——三度目の、暗転。

セルイラは、夢の終わりが近いことを悟った。

気がつけばセラの体は、冷たい水底に沈んでいる。

そう、セルイラの夢の最後は、決まって『セラ』が冷たい水底に行き着いて終わるのだ。

（……ああ、また）

夢の中のセラも、抵抗せずに水の奥底へと沈んでいく。

すべてに絶望し、命すらも擲《なげう》った最後の記憶が、セルイラには生々しく感じられた。

そのすべてを理解して為すがまま夢の終わりをじっと待つ。それがいつも通りなのだ。

ただ、いつもの夢とは一つだけ、おかしな違和感を見つけた。

気のせいかもしれない。もしかしたら勘違いだったのかもしれないが、いつもならば視界が真っ暗に染まり終わるはずの夢。

けれど今日は、暗闇の奥に一筋の光が差して見えた。


「――はぁっ、はぁっ」

夢から覚めたセルイラは、今までと比べ物にならない息苦しさに寝台から飛び起きた。

慌ててサイドテーブルに置かれた水を一気に飲み干す。口の端から漏れる水滴を拭いもせず、セルイラはぼうっと宙を見つめ呼吸を整えた。

しばらくすると本来の起床時刻となり、侍女がセルイラの部屋の扉を叩《たた》いた。

「……どうぞ」

「失礼いたします。お嬢さ……」

許可を受け部屋へと入った侍女は、入室して早々に驚愕《きょうがく》した様子でセルイラへと近寄った。

「セルイラお嬢様、どうなさったのですか⁉」

「ええ？　一体なんの……」

「……。どうぞこちらをお使いくださいませ」

侍女がそっと手渡してきたのはハンカチだった。セルイラはようやく、自身が泣いていることに気がついた。

「お願い、ほかのみんなには内緒にしてね？」

眉を弱々しく下げて頼むセルイラに、侍女はただ頷《うなず》くほかなかった。

気だるい調子で朝の支度を整えたセルイラは、廊下をゆったりと歩行して食堂に向かう。

（失敗した。いつもなら、すぐ切り替えられていたのに）

侍女の前で見せてしまった失態を恥じながら、セルイラは先ほど見た夢を反芻《はんすう》する。

前世の記憶を見るのは、なにも今日に始まったことではない。

ただ、あれだけ感情が揺さぶられたのも、目覚めてまで取り乱したのも初めてのことだった。

（……いい加減に、切り替えないと）

ふっと息を吐いて自分に活を入れたセルイラは、通りかかった使用人に怪訝《けげん》な顔をされるものの、得意のよそ行き顔でやり過ごした。

「あら、おはよう。セルイラ」

「お姉様、おはようございます」

父のアルスター伯は職務のためすでに登城しており、食事の席に着いているのは母と妹の二人だけだった。

「おはようございます。お母様、チェルシー」

「……お姉様、なんだか顔色が悪くありませんか？」

「気のせいよ。あ、焼きたてのスコーンがこんなところに」

妹のチェルシーに鋭いところを突かれ、セルイラは平静を装ってテーブルのスコーンをつまむ。

「まあ、セルイラったら。お行儀が悪いわよ」

「んふふ、ごめんなさいお母様」

とはいえ、母も本気でセルイラを叱っているわけではない。

容姿はもちろんのこと、公衆の面前での立ち振る舞い、仕草、語学、舞踏、刺繍《ししゅう》。貴族の娘として生まれた以上は身につけなければならない務めを、セルイラはすべて完璧にやり遂げていた。

だからこそ周囲を含め、母親もセルイラの行動に目を瞑《つぶ》っているのだろう。セルイラもさすがに社交界の場でわざと行儀を悪くするほど考えなしではない。

「お姉様、本日も城の書庫に行かれるのですか？」

食事を終えて席を立ったセルイラに、チェルシーが尋ねた。

「ええ、そうね。読みかけのものに栞《しおり》を挟んで置いてあるから」

「あの、それでしたら……屋敷にお戻りになる頃、お姉様のお部屋に伺ってもよろしいですか？」

「大丈夫だけど、なにかあるの？」

「刺繍を教えていただきたくて……。なかなかうまくできないところがあるんです」

もじもじとした様子のチェルシーに不思議に思ったセルイラは、紅茶を啜《すす》る母へ視線を送る。すると、意味ありげな笑みを返された。

(ああ、そういうことね)

母の仕草に合点がいったセルイラは、口元を緩めてチェルシーの頭を撫でた。

「レオル様にお渡しする贈り物ね。わかったわ、午後にわたしの部屋で一緒にやりましょう」

「へ!?　お姉様、どうしてレオル様だとおわかりに……っ」

「どうしてでしょう？　それじゃあ、行ってきます」

にまにまと笑みを浮かべたまま、セルイラは食堂を出て行った。

レオルとは、チェルシーの婚約者である侯爵家の次男だ。最近ではお互いに贈り物をするくらい仲が縮まったらしく、そんな妹の照れた様子というのは実に微笑《ほほえ》ましい。

(ふふ、チェルシーは隠すのがうまくないんだから)

足取りが軽くなるのを感じつつ、セルイラは外出前に屋敷の厨房《ちゅうぼう》へ向かった。

「料理長、今日の朝食もとても美味《おい》しかったわ」

下っ端の料理人に指示を出していた恰幅《かっぷく》の良い男は、声をかけられるや否やセルイラの元へ急いだ。

「これは、セルイラお嬢様！　そりゃよかったです」

「スコーンなんて三つも食べちゃった。それで、今日の分を貰《もら》いに来たのだけれど……」

「はいはい、用意しておりますよ。しかしお嬢様、こういうのは侍女さんに持っていかせてくれませんかねぇ。お嬢様が厨房に来られるなんて普通ならあり得んことなんですから」

「ちょっとぐらいいいじゃない。今に始まったことじゃないんだから」

「まったく、お嬢様には敵《かな》わないなぁ」

ぶつぶつと小言を漏らす料理長から逃げるように、セルイラは馬車が用意された屋敷の正面玄関へ向かう。セルイラの手には、料理長から受け取った小さな布袋が収まっていた。


城の書庫へ訪れたセルイラは、慣れた足取りで奥へと進んでいく。

『第四資料庫』と札が掛けられた薄い扉を開けると、膨大な量の書物が部屋中に保管されていた。

今は失われた古来語——特に魔族に関する資料がここには多くある。

魔族間でのみ使われていたとされる『魔界語』で記されたものが半分以上あるため、第四資料庫は数ヶ月にひとり利用者が来れば珍しい。つまりこの場所は、実質的に物置部屋となっている。

幼い頃、父と初めて登城したセルイラは、偶然にもこの部屋を見つけた。

それ以来、ずっと通い続けているのだ。

「ええっと……あった」

棚に置いていた読み途中の書物を手に取る。

窓際の椅子に腰を下ろし、頬にかかる横の髪をそっと耳にかけ、さっそくセルイラは読書に没頭した。

「チチチッ……チュンッ」

一時間ほど経《た》った頃だろうか。

本文をすべて読み終えたセルイラの耳に、可愛《かわい》らしい鳥の鳴き声が届く。

窓の向こう側に目を向けると、そこには青い小鳥の羽ばたく姿があった。

「アオっ、来てくれたのね」

セルイラは声を弾ませながら窓の鍵を開ける。

快く迎え入れられた小鳥は、セルイラの膝にふわりと降り立った。

「今日もね、餌を持ってきているの。食べる？」

「チュンッ」

「ふふ、どうぞ。いっぱい食べてね」

セルイラは料理長から受け取っていた布袋を広げ、手のひらにぱらぱらと撒《ま》いた。

中身はパンの切れ端を細かく刻んだもので、青い鳥は警戒することもなくパンの粒を啄《ついば》んで頬張り始めた。

青い鳥——アオは、セルイラが王城の書庫に通い始めてから現れるようになった野生の小鳥だ。名前の由来は見たとおり、青い毛色をしているからアオ。本人もそれが自分の名だと自覚しているようである。

おそらく城内の木を根城にしているのだろうが、餌を与え始めてからもうかれこれ十年は経っていた。けれど老いたようには感じない。初めて姿を現したときの小鳥のままである。

(長生きな種類の小鳥だとは思うけど、なんだか不思議。わたしの言葉がわかっているようだし、相当頭がいいのね)

それでついセルイラも読書後は、アオに話し相手になってもらっていた。

「チチッ」

「どうしたの、アオ？」

アオは餌に満足すると、同じく膝の上にあった書物を嘴《くちばし》で突《つつ》いた。

「うん、さっき読み終わったの。これで魔界語で書かれたものは、全部に目を通したわ」

セルイラは小鳥の丸い頭部を指で撫でながら、ぽつぽつとつぶやく。そして、窓枠にだらりと体を預けると自嘲するように笑った。

『——こんなのが読めても、いまさら魔族のことを知っても、仕方がないのにね』

ふと、セルイラの口から紡がれたのは、魔界語だった。

魔界語は、魔族の世界で生まれた言語。それを人間が習得するのは並大抵のことではなく、歴史研究の学者といえども、残された文献を照らし合わせ読み解くことすら困難な言葉だ。

だというのにセルイラは魔界語を理解している。読み書きはもちろん、今のように話すことも可能だった。

（どうしてわたしには、こんな力があるんだろう）

まだ幼いセルイラが初めて王城に入ったあの日。父の仕事場である政務室で偶然目にしたのが、魔界語で記されているという魔族関連の古本である。

父の知人が置いていったものだったらしく、その本にセルイラは吸い寄せられるように手を伸ばしていた。

どういうわけかセルイラは、魔界語の文字が読めて、声に出し話すこともできたのである。

前世で少し触れていた言語とはいっても、その理解能力はあきらかに異常だった。

当時は恐怖すら感じたセルイラも、今では書庫の文献を読み漁《あさ》るまでに至っている。それもすべて、前世の記憶に引きずられてしまった結果だった。

しかしこの能力を誰かに打ち明けたことはない。気味悪がられることは目に見えているからだ。

『……未練がましいって、あなたは笑うのかしら』

セルイラは寂しそうに、それでいて瞳には静かな憤りを含ませて言った。

『あれからもう随分と時が経っているのに、わたしは……』

人間と魔族の間に交流があったのは、二百年以上も前のことだ。現在では「恐ろしい種族が昔は存在した」という認識が深く残っているだけで、接触は一切ない。

長い間確認されていないのだから、彼らが今でも繁栄しているのか、絶滅しているのかわかりようがない――だというのに。結局は、前世に縛られていた。

貧民の娘から令嬢になり、不自由なく暮らし、有り余るくらいの物を与えられ、知識や経験を与えられ、惜しみない愛情を注がれている――けれど、脳裏をかすめるのは過去のことばかり。

どこをとっても恵まれているのは今このときだというのに、セルイラの心は満たされない。

どうしたいのかも、この先の未来も見えない。

『……二百年後のわたしは、こんなにも空っぽなのね』

窓から空を見上げれば、今朝の澄んだ青空は、暗澹《あんたん》とした灰色に塗り潰されていた。


アオと別れて王城から帰ったセルイラは、約束通りチェルシーに刺繍を教えていた。

「チェルシー、そこはこうやるの。一度針を通して……そうそう上手。わたしが教えるまでもないじゃない」

「そんなことないですっ……お姉様の教えがとてもわかりやすいからうまくいっているんです」

刺繍の合間にお茶と焼き菓子を食べる。やはり年頃の娘が二人ともなれば、話題にあがるのは意中の殿方のことだった。

「ところでチェルシーは、レオル様のどんなところを好いているの？」

「え、ええ!? そんな、す、好いてるなんてまだそんな……っ」

途端にチェルシーの頬が、さながら赤林檎《りんご》のように染まる。

「ここにはわたししかいないんだから、照れることないのに」

チェルシーとレオルの婚約が決まったのは、今から約一年前。いつからだったか、チェルシーの顔がまるで恋する乙女のように可愛らしくなった瞬間があった。

確か、あれはチェルシーがレオルと街に出かけたときだ。自分の馬に乗せてくれたと嬉《うれ》しそうに話すチェルシーは、あのときレオルに恋をしたのだろう。

「もう、わたくしのことより！　お姉様はどうなんです？」

「……わたし？」

「そうです！　たくさんの家門から縁談の申し入れがあるというのに、お姉様ったら見向きもされないなんて……」

セルイラが縁談に積極的ではないことをチェルシーは知っていた。

年子の姉妹である二人は幼少期から仲が良く、物静かで人見知りだったチェルシーも姉のセルイラには懐いていた。

そして、幼い頃からときおり見せるセルイラの寂しげな表情に、チェルシーは気がついていたのだ。

誰かといるとき、セルイラは決して自分を崩さない。けれど以前チェルシーは偶然見てしまったことがある。どこか遠く彼方《かなた》を見つめて泣きそうな顔をしたセルイラの姿を。

その理由がチェルシーにはわからない。それとなく尋ねてみたこともあるが、うまく躱《かわ》されてしまった。

「お姉様には、好いた人がおられるのですか？　もしそうでしたら、お姉様に想《おも》われてきっとその方は嬉しいと思うはずです！」

「よく、わからないの」

いつものセルイラなら、軽く笑顔を作って「そんな人いないわ」と返していた。けれど、この瞬間にはそれができなかった。鮮明に思い出せる今朝の夢に振り回されていたからだ。

「あのね、チェルシー。わたしは、あなたに尊敬される人間なんかじゃないの。ただ、臆病なだけ」

「え？」

「……あんな思いするくらいなら、二度とごめんだわ」

「お姉、様？　今、なんと……」

セルイラがなにに思いを馳《は》せ、なにに苦しんでいるのか、想像もつかない。

辛《つら》そうに顔を歪《ゆが》めたセルイラの姿に、チェルシーは言いかけた言葉を喉の奥まで呑《の》み込んだ。

「ふふふ、変なことを言っちゃった。気にしないでチェルシー」

気を遣わせないようにセルイラは笑顔を作る。

そのとき、私室の扉が荒々しく開け放たれた。

「セルイラ、チェルシー!!」

入ってきたのは、セルイラとチェルシーの父。当主のアルスター伯だった。

「お、お父様？　どうなさったのですか？」

ひどく青ざめた父に、チェルシーは慌てて駆け寄った。セルイラもハンカチを取り出して彼の額に張りついた大量の汗を拭う。

「お父様、すごい汗よ。一体どうしたの？」

「……」

父はなかなか口を開こうとしない。

二人の娘を前にして、どう話せばいいのか迷っているようだった。

長い間そうしているわけにもいかず、眉間に皺《しわ》を寄せた父は順を追って二人に説明を始める。

「王城に……書簡が届いた」

「書簡、ですか？」

「……『歳《とし》は十五からとし、未婚者であること。健康体であること、身元が確かな貴族の娘から精選すること。また、その階級は問わないが、端麗な娘子であることが最も不可欠な条件である。上記の内容に当てはまる娘を、花嫁候補として七日後に神殿へ集めよ』――城の解読班によると、そう事細かに書かれていたそうだ」

――なんて馬鹿げた申し出だろう。セルイラはその書簡に嫌悪を感じながら父に尋ねる。

「解読班って……どこの国が送ってきたものなの？」

これだけ強気に出た内容の書簡を、オーパルディア相手に送るなど常軌を逸しているとしか思えない。

水神の加護を賜る国として名を轟《とどろ》かせているオーパルディア国は、全体の領土こそそこまで広くはないが列強の一つである。

四方を海に囲まれ、王都の至るところに水路が引かれており、通称『水の都』とも呼ばれていた。

人々が祈りを捧《ささ》げ神と交流していたという遥《はる》か昔の時代、オーパルディアは水神より加護を受けた。

害ある者が国に侵攻すれば大波で追い返し、子が溺れれば水の生き物が岸まで運んでくれる。

数々の奇跡のような水神の力は本物であり、それを知る他国が挑発的な行動に出るなど一度もなかった。

「私もまだ信じられない。まさか、こんなことが……」

セルイラとチェルシーは互いに顔を見合わせながら、書簡を送ってきた国の名が父より発せられるのを待つ。

「書簡を送ってきたのは、魔界だという話だ」

ぽとりと、父の汗を拭いていたセルイラのハンカチが床に落ちる。

「魔、界……？」

信じられないと驚くのはチェルシーも同じだけれど、セルイラはそれ以上に取り乱していた。足の裏が凍りついたように動かなくなり、心音がいやに響いている。

「人間の花嫁を欲しているのは――魔王だ」

ハンカチの離れた手の震えを、セルイラは抑えることができなかった。


談話室に場所を移したセルイラは、悲しみに打ちひしがれる母の肩をチェルシーと一緒にそれぞれ両側から支えていた。

「なんてことなの……魔王だなんて、嘘《うそ》だと言ってちょうだい……っ」

涙を流す母を前に、セルイラはどう慰めればいいのかわからない。

すでに王室は事態の対処に動いている。にわかには信じがたいけれど、この国の令嬢を魔界へ送る方向で決議されていた。

いくら水神の加護があるとはいえ、魔族に歯向かう決断は人間側に用意されていない。

魔族は人間が持ち得ない魔法の力を宿し、何倍もの時間を生き、恐ろしい獣を使役するという。

最初はそれを迷信だと突っぱねて、要求に反対していた貴族もいたのだが――。

どのようにして書簡が届いたのか聞かされれば、誰もが魔族以外には考えられないと思うだろう。

書簡は炎に包まれながら、黒い羽根を一枚残して国王の前に突然現れたのだという。

魔族の特徴である黒い翼と、どこからか聞こえてきたわけのわからない言葉。それだけでも魔族関連だと確定するけれど、ご丁寧に魔界語で綴《つづ》られた書簡があるのだ。もう疑いようがない。

「ディテール公爵家のアメリア様まで名前があがっているのなら、アルスター家が応じないわけにはいかないわね」

複写の書簡を手にしたセルイラは、心穏やかではないものの一つずつ整理していく。

要求には少なくとも十五人以上揃《そろ》えておくようにと書かれていた。

娘一人だけの家名は外されているようである。跡継ぎ問題から派閥の発生を避けるためのものだろう。

それ以外を対象に、大臣らが候補に出した花嫁候補の令嬢は、十五人前後。

その中には、アルスター家の名も入っていた。

「陛下からの御慈悲だ。お前たち二人で、決めるようにと」

父が目をそらしながら言った。つまり、セルイラとチェルシーのどちらが向かうかは、当人たちで決めてくれということだった。

これを慈悲だと思うか、酷だと思うかは、捉え方次第である。

（どこまで馬鹿にしているの）

特に『容姿』の要求は、人間側を馬鹿にしているのか、それとも本気なのか。

どちらにしても腹立たしい。

下位の貴族から娘を選ぶということも対策にはあったというのに、容姿端麗と言われれば否でも選ばざるを得ないのだ。美的感覚が魔族も人間と同じだというなら、それこそ適当は許されない。

「――お父様、お母様」

セルイラは覚悟を決めて両親を見据えた。

「魔界には……わたしが行きます」

当たり前のように言って、セルイラは微笑んだ。

「セルイラお姉様……なにを、言っているのですか？」

ふらりと、チェルシーは母親から離れてセルイラに近づいた。

何度も首を振り続けるチェルシーは、セルイラの両肩を震える手で掴《つか》んだ。

「なぜ、お姉様なのですか？　わたくしだっていますのに、勝手に決めないで！」

「でもあなたには、レオル様がいるでしょう？」

「だからといってお姉様が行く理由にはなりません！」

とは言いながらも、チェルシーの顔には戸惑いの色が浮かんでいる。

セルイラを魔界に行かせることには反対だが、かといって自分が行けるのか。迷いが生じている目だった。

「チェルシー……あなたは本当に優しい子ね。血の繋《つな》がっていないわたしをこんなに慕ってくれて、ありがとう」

「え……？」

驚愕した瞳が、セルイラを映し出す。

チェルシーは初めて聞く事実に頭が追いついていないようだったが、両親は違った。

「知っていたのか……セルイラ」

「ど、どうして？」

「二人ともごめんなさい。隠していて」

隠そうとしているわけではなかった。ただ、両親は自分を実の子のように育ててくれていた。彼らの愛情に偽りはなく、わざわざ言う必要がないと思っていたから言わなかっただけ。

セルイラの実の両親は、アルスター夫妻と旧知の仲だった。しかし、二人はセルイラが生まれて間もない頃に土砂崩れに遭って亡くなり、近くの川に流されたセルイラは奇跡的に引き上げられ命を取り留めた。

そんなセルイラを引き取ってくれたのが、アルスター伯爵家である。

セルイラには『セラ』としての前世の記憶と意識が赤子の頃から備わっていた。だから自分の生い立ちも知っていたのだ。

「お父様、お母様。これまでの御恩に報いることができるのならば、今がそのときだと思っています。……どうか、わたしを差し出してください」

かしこまった仕草と、言葉遣い。

まるで彼らと自分との間に線を引くように、セルイラは堂々と振る舞った。

血の繋がりなど関係ない。セルイラにとってアルスター伯爵家はかけがえのない居場所である。

だからセルイラは、わざと明かした。

反対するチェルシーを宥《なだ》めるための口実として。

（みんな、ごめんなさい）

自分が犠牲になる、なんて仰々しい理由で魔界行きを決めたわけではない。

セルイラはふつふつと湧き上がる感情を抑えながら、穏やかな笑みを浮かべる。

（見下されたものね……魔王ノアール）

書簡の写しに彼の名前までは載っていなかった。それでも本書に押されていたという印が魔王のものであると、セルイラは知っていた。

魔族の王――第七代魔王、ノアール・クロシルフル。

その名を思い出すとセルイラの胸はぎゅっと締めつけられる。

すぐに、怒りが大きく上回った。

（容姿端麗な花嫁候補をお望みだなんて変わったわね……。本当に、変わった）

この時のセルイラは、半分自棄《ヤケ》になっていたのかもしれない。けれどそれでよかった。

（ねえ、ノアール。わたしね……）

書簡の内容が複写された皮紙が、セルイラの握力によってぐしゃりと握り潰される。

（あなたを一発でも殴らないと、先に進めないみたい）

一時的にも前世の夫であった男の顔を思い浮かべ、セルイラはきつく顔を歪めたのだった。

七日後。

セルイラは神殿に訪れた。

最後まで泣き止《や》まないチェルシーや、両親と抱擁を交わし、神官の一人に神殿の奥へと案内される。

薄暗い回廊を進み、見えてきた大きな扉の先には、多くの花嫁候補の令嬢がいた。皆、絶望したように暗い顔をしている。

こんな状況で笑っていられるほど、図太い神経を持ち合わせた者などいるわけがない。

「どうして、わたくしが……ううっ」

「帰りたい、帰りたい」

どこを見ても見目麗しい容貌の女性ばかり。

その中でも一番に目立っていたのは、ディテール公爵家の令嬢アメリアである。

アメリアは悲愴感漂うこの場で、ただ一人じっと前だけを見据え、そのときが来るのを静かに待っていた。

「ごきげんよう、アメリア様……という、状況でもありませんね」

ちょうどアメリアの隣が空いていたため、セルイラは彼女に歩み寄った。

声をかけられたアメリアは、少し戸惑っているようにも見える。それでも、話しかけてくれたセルイラに応じた。

「セルイラ様。陛下の生誕祭以来ですね。こんな場所では、楽しく話に花を咲かせることも難しいですけど」

社交界で面識がある程度の仲ではあったが、公爵令嬢であるアメリアは、淑《しと》やかで誰にでも分け隔てなく接する少女である。

花嫁候補として魔界行きが決定し、公爵邸でどのような話し合いがおこなわれたのか定かではないが、すでにアメリアは今回のことを受け入れているようだった。

「それにしても、神殿に集めてどうするつもりなのでしょうか……。魔界への行き方なんて誰も知らないというのに」

素朴な疑問をアメリアは口にする。

それもそうだ。神殿に集めろとは書簡に書かれていたが、その先どうしろとは示されていない。

「おそらく……転移の魔法を使用するのかと。魔族は場所と場所を繋げ、遠くにいる者を瞬時に移動させる力があるので」

「そう、なのですか?」

「はい。ここまで大人数だと、魔法陣というものを……アメリア様?」

ふと強い視線に横を見ると、アメリアは瞠目《どうもく》していた。

「セルイラ様、お詳しいのですね」

「え！　あ、それは……魔族に関する文献によく目を通していたので……」

セルイラは当たり前のように話してしまったが、人間界での魔法の概念は乏しい。転移やら魔法陣やらと言われても、アメリアのような反応をするのが一般的である。

（わたしのときもそうだったから……つい言ってしまった）

前世の自分を思い出してため息が出る。だが、こんな神殿で待たされるのではなく……『セラ』のときは、村の外れにある泉に身一つで投げ込まれたのだ。

「魔族の文献を……それは頼もしいです。こんなことを言っては失礼かもしれませんが、セルイラ様がいてくれて良かった」

気丈に振る舞っていただけで、本当はアメリアも不安で仕方がなかったのだろう。セルイラに話しかけられたことによって気持ちが和らぎ始めていた。

「頼もしいなんて……すべて本で得た知識です」

「それでも、話しかけてくださってありがとうございます」

アメリアは笑った。自分を奮い立たせるように無理やり作られた笑顔に、セルイラはぎこちなく頷く。

――そうしている間に、そのときは来た。

「きゃああ！」

「なに、なんなの!?」

「床が光っているわ！」

悲鳴をあげるほかの令嬢たち同様にセルイラが視線を下降させると、青い輝きを放った床に目が眩《くら》んだ。

光の下から複雑な文様が浮かび上がり、混乱はさらに大きくなっていく。

(ああ、転移の魔法陣が発動したのだわ)

セルイラがひとり納得していると、左の手に温度を感じた。

「アメリア様？」

「ごめんなさい、セルイラ様。少しの間でいいので、手を握っていてもよろしいでしょうか……」

床が光って恐ろしく思わないわけがない。前世の記憶がなければセルイラもみっともなく取り乱していたことだろう。

「もちろんです。しっかりわたしに掴まっていてくださいね」

心細そうな手を、セルイラはキュッと握る。

光の強さが最高潮に達し、皆が目を開けていられなくなった瞬間だ。

「き、消えた……」

セルイラを含めた花嫁候補の令嬢たちは、その場から忽然《こつぜん》と姿を消していた。恐る恐る口を開いた神官の声が部屋全体にこだまする。

目の前で起きた信じがたい光景に恐慌をきたす中、神官は神殿の外へ急いだ。

花嫁候補の令嬢……十六人が、魔界へ召喚された事実を、外で待つ人々に伝えに。


『起きろ』

ぼんやりとした意識の狭間で、セルイラは目覚めた。倦怠《けんたい》感のある体に鞭《むち》を打ち、乱れた髪の隙間から辺りの様子を窺《うかが》う。

『ようやく一人目が起きたのか。人間ってのは鈍臭いな』

(頭が痛い……この声は、魔族?)

どこまでも下に見た発言に、セルイラは眉を顰《ひそ》めて上体を起こした。

『おい、そこの人間の女。俺の声は聞こえてんのか』

「……」

聞こえてはいるけれど、セルイラは素直に応答しなかった。

ここは大広間のようだ。全体的に薄暗く、壁に取りつけられた蝋燭《ろうそく》の青い炎が部屋を照らしているだけ。

どこか懐かしく、見覚えのある場所だった。

（ここ、魔王城だわ……）

肌に刺さる鬱蒼《うっそう》とした空気に、セルイラは身を震わせた。

『ちっ……本当に鈍い。これで少しは目が覚めるか！』

パチンッ、と軽い音が響くと、視界が一気に明るくなる。

室内全体が照らされたことで、より多くの情報がセルイラの視界に入ってきた。

「な……」

床に倒れた花嫁候補の令嬢たちと、広間の二階から見物をしている大勢の魔族。

そして、偉そうに高い段差の上からこちらを見下ろす、年若い美貌の青年の姿。

例外を除いて漆黒、または白銀の髪が魔族の特徴だが、その青年の髪は多少の黒が混じっているものの、かなり赤の主張が強い色合いをしていた。

それ以外、青年はまさしく魔族そのものである。

黄金に近い色の鋭い眼と、柔らかく尖《とが》りのある耳、背後でわざとらしく広げている黒い両翼。

『もう一度問おうか、女。俺様の声は聞こえているか』

魔族の青年が、セルイラに向けて言った。

「あなたが……魔王、なの？」

かたかたと震える唇から、やっとの思いでセルイラは声を出す。

『……おい、なんて言ってるんだ』

『――アルベルト様、女は人の言葉で魔王なのかと尋ねております』

魔族の青年に、片眼鏡《モノクル》をした白銀の髪の魔族の男が近寄った。

（……っ）

セルイラの息が、詰まりそうになる。

白銀の髪の魔族は、確かにそう呼んだ。偉ぶった態度でこちらを見下ろしている、赤みがかった髪の青年を――アルベルト、と。

『なに、魔王？　俺が？　どういうことだ、メルウ』

『……なにか、誤った情報が人間側に伝わったのかと』

『はー、なるほどな』

納得がいった様子のアルベルトは、未《いま》だに硬直したセルイラをじろりと眺める。

「ここ、どこ？」

「いやああ！　魔族よ！　魔族がいるわっ」

「きゃああ！」

ほかの令嬢たちも意識を取り戻し始めたようで、あちこちで高い悲鳴があがった。

『あー……うるせ。耳が痛くなる』

煩わしく顔を歪めるものの、獲物を前にした獣のようにニヒルな笑みを浮かべて青年が言った。

『聞け！　俺の名はアルベルト。第七代魔王ノアール・クロシルフルが嫡男、アルベルト・クロシルフル。人間の女を花嫁に迎え入れるのは、このアルベルトである！』

その直後、二階からは盛り上げるような歓声があがる。

『アルベルト様、その言葉では人間に伝わっていませんよ』

魔王の副官メルウがアルベルトに指摘するものの、彼は言えたことに満足しているのか高笑いをしていた。

（嘘、どういうこと？　魔王じゃなくて……あの子の、アルベルトの花嫁候補⁉）

セルイラはその姿をもう一度しっかり確認した。

魔王ノアールと似た顔立ちの彼だが、母親から譲り受けた赤みがかった髪と黄朽葉色の瞳に、セルイラの動揺は大きくなるばかり。

（……そんな）

アルベルト・クロシルフル。

セルイラが前世で産んだ二人の子のうちのひとりが、アルベルトだった。

すなわちアルベルトとは――前世のセルイラ《セラ》の、実の息子だったのだ。

【第二章】

「可愛《かわい》い……」

ゆりかごに揺られる赤子を見つめ、セラはつぶやいた。けれど、すぐに首を振る。

この子は魔王と肌を合わせた末にできた子どもで、素直に喜ぶことなどできない。

「うぇ、ふぇあ」

――けれど。

こうして自分に敵意のない眼差《まなざ》しを向ける赤子を、セラは憎むことができなかった。

『……ここにいたのか』

背後から声がかかる。振り向くと、そこには入り口扉を背にした魔王ノアールが佇《たたず》んでいた。

「……」

ノアールの言葉を無視して、セラはまたアルベルトの顔を覗《のぞ》き込む。

「……ふぎゃああっ」

父親が現れるとアルベルトはふにゃりと笑んだが、次の瞬間には大声で泣き始めた。

互いに無情のまま体を重ねた今でも、セラとノアールの間には距離があった。そしてどちらも改善しようとは思っておらず、赤子のアルベルトにも察せるほど空気が良くなかったのだろう。

まるで現時点での二人の関係を表すように、アルベルトは咽《むせ》び泣いて止《や》まらなかった。

『……なぜ、泣き止まない。耳に障る』

ノアールはあろうことか、泣き続けるアルベルトの頭を片手で鷲掴《わしづか》みにしようとしていた。

「やめて！」

セラは慌ててノアールの手を叩《たた》き落とす。

「やってしまった」という後悔と、赤子の扱いの雑さに驚愕《きょうがく》して言葉も出ない。

『……』

ノアールは、セラに叩き落とされた手を見つめたまま固まった。

まさか、いつも大人しくしていた女が、感情を表に出すとは考えもしていなかったらしい。

「赤子を乱暴に扱うなんて、最低！」

セラはアルベルトを守るように、小さな体を腕で隠した。

『……そなたが怒りを見せるのは、珍しいな』

ぎろりと自分を睨《にら》みつけるセラを見て、ノアールは不思議そうにした。

原因が赤子の扱いによるものだと理解すると、ノアールはもう一度手のひらをアルベルトに近づける。

「なにする……っ、の？」

警戒を強めたセラだが、ノアールの手はアルベルトの頬にそっと這《は》わせるだけだった。

『柔い……頬が真っ赤だ。もしや、顔がこのような色をしているから、赤子なのか』

ぷっくりと膨れたアルベルトの頬をすりすりと触りながら、ノアールがなにか言っている。

魔界語を習得していないセラには、まったく理解できていなかった。

けれど、彼が実の子を乱暴に扱おうとしているのではないと知り安堵《あんど》する。

『赤子とは、本当に小さいのだな。頭など握り潰せそうだが』

「ふぁ、う〜あ」

セラの腕の中にいるアルベルトが、ノアールに向かって声を発している。

『……』

それを見てなにを思ったのか、セラとアルベルトを交互に見つめるのを何度も繰り返したノアールは、ぼんやりとつぶやいた。

『私と、そなたの子……アルベルト。そうか、私の子、なのだな』

ノアールの隣にいたセラは、彼の微弱な表情の変化に気がついた。ぷにぷにと、アルベルトの頬袋を指先で押すノアールの手つきは、見るからに丁寧で、たまらなく優しい。

『アルベルト。そなたの母は、子のことになると、まるで人が変わったようだ』

家族というものを、ノアールは知らなかった。

愛情というものに、ノアールは触れたことがなかった。

魔族の王は、人のぬくもりというものを、知らずして育った。

――そんな彼が見せた父親の顔は、アルベルトが誕生したことで引き出されたものだった。

＊＊＊

魔族は長い年月を生きる。強大な力を秘めた者ほど老化の進みは緩やかになり、姿形を自由に保つことも可能で、成長度合いは魔力の質で大きく変わってくるとされていた。

(――まさか、アルベルトの花嫁候補として召喚されるなんて)

王子アルベルトが管理を一任されているという、東宮殿のとある一棟。

花嫁候補の令嬢たちのために用意させたという、その棟の客室に通されたセルイラは、色々と思うところがあるものの、第一にアルベルトのことが気になって仕方がなかった。

(あの髪の色……やっぱりアルベルトで間違いないのよね?)

セルイラの記憶にある二百年前のアルベルトは、やっと駆け足がうまくできるようになったぐらいの年齢だった。

しかし、先ほど高笑いをしていたアルベルトの姿は、十代後半の見た目だったように思う。魔族の外見というのは、徐々に年月と比例しなくなっていくそうだが、まさにその通りだった。

魔界に来れば自分が産んだ子どもと再会する可能性だってあるかもしれないと思ってはいた。けれど、実際に起こると衝撃は予想を遥《はる》かに超えるものだ。

(それも魔王の花嫁候補じゃなく、王子の花嫁候補だったなんて!)

心の中で取り乱すセルイラだったが、すでに原因は突き止めていた。

解読に誤りがあったからである。

魔界からオーパルディアに届いた書簡は、王城の解読班によって訳されていた。

言語が異なるうえに難度の高い魔界語を、必死に訳したとしても内容が正確とは限らない。だからこそ間違いがあっても不思議はないが、セルイラにとっては大問題である。

花嫁候補として魔界へ行くことを望んだセルイラだが、本当の花嫁になりに来たわけではない。冗談じゃ済まない。洒落《しゃれ》にもなっていない。

このような現実をいきなり突きつけられては、大きくなった息子に感極まる暇もなかった。

「一体、どんな育て方をしたの……」

手を叩くと嬉《うれ》しそうに抱きついてきた小さなアルベルトが、ああなってしまうなんて。

考えれば考えるだけ、ため息が漏れる。

(わたしがいなくなったあと、どんなふうに過ごしてきたの……？)

セルイラは息子の変わりようがそれほどショックだったのか、父親にすべて問いただしたくなってしまう。

(それなら、あの子は？　ミイシェは……ここで元気に暮らしているの？)

もうひとり、セルイラには娘がいた。

生後間もなく、母として触れ合った期間はほんのひとときだったけれど。


「――あの、セルイラ様……大丈夫ですか？」

悶々《もんもん》と頭を悩ませていたセルイラは、心配そうな声音のアメリアに目を向けた。

「はい、大丈夫です。申し訳ございません、黙り込んでしまって」

二人一部屋で案内されたセルイラの同室の相手は、なんとアメリア公爵令嬢だった。

高位の人間がいるにも拘《かかわ》らず、ベッドの枕を抱いて思い悩んでいたセルイラは、慌てて背筋を正すとアメリアの前に控えた。

「そんな、かしこまらないでください。ここでは国での身分もあってないようなものです。今まであまり交流はありませんでしたが、こうして同室になりました。わたくしのことは、どうぞ気軽にアメリアとお呼びになってください」

アメリアは微笑《ほほえ》むと、セルイラの手をそっと握り込んだ。

気軽にといわれて躊躇《ちゅうちょ》したセルイラだが、アメリアは心の底からそれを望んでいる眼差しを向けてくる。

「わかりました、アメリア」

「敬語もいらないですよ」

「では、まずはアメリアから敬語を外してください」

「これはわたくしの癖のようなものですから。気にしないでください」

アメリアは引く気がないようで、セルイラをじっと見つめていた。セルイラが折れるまでこの眼差しは注がれ続けるのだろう。

意外にも頑固な様子にふっと笑ったセルイラは、希望の通りにすることにした。

「わかったわ、アメリア」

「ふふ、ありがとうございます」

素直な性格のアメリアは、どことなく妹のチェルシーと雰囲気が似ている気がした。

だからなのか、セルイラも少しずつ落ち着きを取り戻していく。

そして一度会話が途切れたあと、アメリアは不安そうに顔を曇らせて言った。

「……あの、セルイラ。わたくしたちは、これからどうなるのでしょうか。まさかこんなに綺麗《きれい》なお部屋に案内されるとは思っていなかったので、少し不気味で」

下手すれば食べられるとさえ思っていた者もいたというのに、魔族の対応は予想外のもので、アメリアはわかりやすく混乱していた。

「まだ安心はできないけれど、花嫁候補として魔界に連れてこられたんだもの。命を奪われる可能性は低いはずよ」

「……魔王ではなく、息子の王子が、花嫁を望んでいるのですよね？」

「ええ、そうみたい」

副官メルウの通訳により、アルベルトが魔王の息子であることと、彼が令嬢たちを魔界に召喚した張本人だということは、すでに皆が周知している。

どちらにせよ令嬢たちにしてみれば悪夢だ。魔王だろうと嫡子だろうと、魔界に召喚される運命だったのだから。

「今はとりあえず、黙って従うほうが安全だと思う。向こうもとって食べるつもりはないみたいだから」

「そ、そうですよね。絶望ばかりしていては悪い想像をしてしまいます！　前を向かなければいけませんね。やっぱり、セルイラが一緒にいてくれて本当に良かったです」

「わたしも。アメリアを見ていると、なんだか妹を思い出して心が落ち着くから。……あ、さすがに妹は失礼かな」

訂正しようとしたセルイラだが、アメリアはぶんぶんと首を振って照れた顔を見せた。

「嬉しいです。実は、わたくしもそう思っていたところでした。頼りになるお姉様みたいって」

頬を赤くしたアメリアは、口元を綻《ほころ》ばせながら言った。

セルイラも同じようにアメリアに笑いかけようとして——部屋の扉が数回ノックされた。

『お待たせいたしました。夕食のご用意ができましたので、ご移動をお願いします』

振り向くと、そこにはメイド服を身に包む魔族の少女がいた。

（この人……）

無表情な面持ちでこちらを見つめる少女に、セルイラは小さな既視感を覚えたのだった。

まるで鉄の仮面でも被《かぶ》っているかのように、そのメイドは無表情だった。

人間の言葉を話せないのか、それとも話さないのか。セルイラとアメリアに仕草で後ろをついてくるように促している。

少し童顔ぎみの愛くるしい目鼻立ちだが、表情が変わらないため怜悧《れいり》な印象を受けた。

「セルイラ……わたくしたち、どこに連れていかれるのでしょうか？」

「おそらく、あの王子のところじゃないかしら」

魔界語がわかるセルイラには、行き先も夕食場所だと知っている。

それをアメリアに伝えるべきか迷っていたところで――。

『ニケ！　その後ろの人間、例の？』

前方から別のメイドが現れ、セルイラとアメリアの前を歩く無表情な少女に声をかけた。

彼女の名前は、ニケというらしい。

『ええ。アルベルト様が召喚された人間よ』

『ふ～ん、その子たちがねぇ』

現れたメイドはセルイラとアメリアをしげしげと観察していた。

その目には、わかりやすい敵意が満ち溢《あふ》れている。

『あんた、あたしの言葉わかる？』

「え？」

なにを思ったのかそのメイドは、近くにいたアメリアに向かって挑発的な態度をとってみせた。

アメリアはオロオロとしている。言葉がわからないのだから当然だ。

『な〜んだ。魔界語も理解できないなんて、人間の小娘はお馬鹿さんなのね。こんなんじゃ、アルベルト様のお目に届くなんてあり得ないわ』

醜い嫉妬心のようなものを感じて、隣で見ていたセルイラはもしやと思う。

(まさか、アルベルトに好意があるとか？)

だからアメリアに当たっているのだろうか。だとしたらはた迷惑以外の何物でもない。

『ちょっと、なんか話してみなさいよ！』

「きゃ、いたっ……やめてくださいっ」

メイドはアメリアの髪を無遠慮に掴むと乱暴に引っ張り始める。

前のめりになったアメリアを、セルイラは咄嗟《とっさ》に支えて間に入るように庇《かば》った。

「その手を離して」

『なぁに？　言っている意味がわからないんだけど』

馬鹿にした顔をセルイラに向けたメイドに、ニケは呆《あき》れながらも静観するだけだった。

『人間の小娘がアルベルト様とだなんて、釣り合わないのよ！』

そう言葉にしながらメイドはアメリアの髪をぐいぐいと引っ張る。

瞳に涙を浮かばせるアメリアに、抑えようとしていたセルイラの理性が少しだけ吹き飛んだ。

『――……離しなさい』

『あははは！　……って、え？』

セルイラの放った声に、辺りは一斉に静まり返る。

もう一度、セルイラは腹の底から響かせた。

『その手を離しなさい、今すぐに』

『……ひっ』

セルイラの気迫に怖気《おじけ》づいたメイドは、握っていたアメリアの髪を離した。

自分の魔界語は魔族相手につつがなく通じていた。そのことにセルイラは内心ほっとする。

けれど気持ちを切り替えて、目の前のメイドに繰り返し言った。

『お願いだから、二度と危害を加えないと誓って』

『な、なによ！　なんで人間が魔界語を完璧に……っ』

『そこまでです』

傍観を決め込んでいたニケは、ようやく仲裁に入る。

大人しく下がったセルイラとは反対に、メイドは納得がいかないようでニケに抗議を続けていた。

『だってニケ！　この女が！』

『お二人はアルベルト様が召喚された人間です。どんな理由があろうと私たちが手出しすることは許されない』

『た、たかが人間でしょ!?』

『……そう。それなら、今起きたことすべてをアルベルト様にご報告しても問題はなさそうね』

『そ、それは……待ってニケ！　それだけはっ……』

『困ると思うなら早くあなたの持ち場に戻って。ここでのことは私で留めておくから』

『わ、わかったわよ』

人騒がせなメイドは渋々とセルイラとアメリアの横を通り過ぎていった。

(アメリアには謝りもしないのね)

セルイラは軽蔑しながらも、被害を受けたアメリアの無事をすぐさま確かめる。

「アメリア、どこか怪我《けが》をしていない？」

「はい、大丈夫です。髪を引っ張られただけですから。それよりも……先ほどセルイラが話していたのは魔界語ですよね……？」

当たり前の反応に、セルイラは苦笑いを浮かべた。

「実は昔から魔界語の勉強をしていたの。こうして実際に使うことになるとは思わなかったけどね」

さすがに本当のことは明かせない。セルイラは誤魔化そうと試みるが、アメリアは腑《ふ》に落ちない様子だった。

『お話し中のところ申し訳ないのですが、すでにほかの方々は夕食の間にて着席しております。お急ぎください』

ニケの声に、弾《はじ》かれたようにセルイラは視線を移す。

セルイラが魔界語を話せると知って多少の驚きはあったものの、やはりニケは冷静沈着である。

彼女はセルイラになにを問うわけでもなく、業務的な流れでこう告げた。

『ご挨拶が遅れました。私はニケ。お二人の世話係としてこのたび配属されました。以後お見知りおきを。では、行きましょう』

淡々と自分のことだけを伝え、ニケはさっさと歩き出してしまう。

セルイラの魔界語の理解云々《うんぬん》よりも、彼女にしてみれば夕食の間に早く到着することのほうが重要らしい。

(こんなにあっさりと話すつもりはなかったけれど、状況が状況だったもの。アメリアを放っておくなんてできなかった)

そう考えながらも、セルイラは先頭を歩くニケに視線を送った。

(今回のこと、報告はしないと言っていたけれど)

たかが人間風情に魔界語が理解できたとしても、特に問題はないということなのだろうか。

セルイラとしては変に目をつけられないのなら、それに越したことはないのだが。

先ほどのメイドと違い、ニケは人間に偏見がないようである。

そして、彼女の背中を観察していたセルイラは、衝撃を受けたようにはっとした。

(ニケ……って、あれ？　その横にある三つ編み……白銀……もしかして、あのニケ⁉)

頭の中で細い記憶の線を辿《たど》っていたセルイラは、唐突に思い出した。

前世の自分が、人間の世界から魔界へ来たとき。お付きの侍女だという魔族の女性の背後に、まだ小さな女の子が隠れていたことを。

ニケ。

たしかにその少女は、そう呼ばれ、そして呼んでいた。

――前世、セルイラが初めてニケを目にしたのは『セラ』として魔界に来たその日、自分の専属侍女と名乗る魔族と出会ったときだ。

名はナディエーナ。そして彼女には一人娘がいた。

五歳ほどの見た目をした少女は、名をニケといっていつもナディエーナの後ろにくっついて歩いていた。

ナディエーナに対する警戒心が『セラ』の中から薄れたのは、ニケがいたからといっても過言ではなく、仲睦《なかむつ》まじい母と子の姿に、魔族にも愛情があるのだと知るきっかけになったのだ。

『セラさまー』

それは、魔界に召喚されて数ヶ月が経過した頃のことだ。

自室にこもっていたセラに駆け寄ってきたニケは、にっこりと笑みを浮かべた。

『あのねー、これあげるの』

「え？　なんて言ったの？」

言葉に苦戦するセラは、ニケがなんと言っているのか理解できなかったが、身振り手振りでなんとなく察することができた。

「このお花の冠を、わたしにくれるの？」

『外に咲いてた花でつくったのー』

ニケはぐいぐいとセラの腕を引っ張ると、しゃがむように促してくる。

セラは戸惑いながらも言う通りにした。

しばらくすると、頭の上にほんのりと重みが加わり甘い香りが鼻をくすぐった。

『セラさま、かわいい！　お姫様みたーい』

「これ、くれるの？　ありがとう」

『お姫様！』

「……？」

やはりセラには、ニケの言葉がわからない。花の冠を頭に乗せたまま首を傾《かし》げると、部屋の扉から
クスクスと肩を揺らすナディエーナが姿を現した。

『ふふ、ニケったら。それを言うなら、お妃様《きさき》でしょう？　セラ様は魔王様の奥方様なのだから』

『あ、ママ！』

「ナディ」

セラとニケが、同時に彼女を呼ぶ。

ナディエーナの手には淹《い》れたばかりの紅茶のセットがあった。セラのために淹れてくれたのだろう。

『あのねー、ママ。セラさまはお部屋から出ないでしょ？　だから外は楽しいことがいっぱいいって教えたかったのー』

ティータイムの準備をしているナディエーナの横で、テーブルに顎を乗せたニケはそう言った。

「セラ様」

「どうしたの？」

「ニケがこう言っています。外は楽しいことがたくさんありますと」

「セラさま、そと、たのし！」

ニケがナディエーナの真似《まね》をするように復唱する。

ナディエーナは、魔王城内でも人間の言語を流暢《りゅうちょう》に話すことができる数少ない魔族の一人である。

それもあってセラの侍女に抜擢《ばってき》されたのだ。

『お庭にはね、きれいなお花も、大きな水たまりも、生き物もいるんだよー。だからセラさまと一緒にあそびたいな』

「魔王城の裏手にあります野原には、野生の草花や湖、それに飼い慣らされた魔獣もいます。ニケはセラ様と共に見て回りたいそうです」

「だ、だけど……」

セラは気まずそうに親子から目を背けた。

部外者の自分がウロウロしていい場所ではないし、セラ自身もそれを望んでいなかったのである。

けれどセラは、自分がここにいなければならない状況を受け入れてはいた。

(これで、みんなが飢えずに済むなら……)

人間界は領土拡大を渇望する国々が諍いを起こしていた。

その影響はオーパルディア国も例外ではなく、特に農村部の民は貧困に苦しんでいる。

中でもセラがいた村は、最もひどかった。

近くに海があるといっても海流の関係で秋口からは魚が捕れず、食料不足で冬を越せるかどうかも危うい状況であり、両親も一年前に流行《はや》り病で亡くなってしまった。

それからは五人の弟たちを養うために身を粉にして労働してきたセラだが、今年は王都からの供給も止まって窮地に立たされていた。

そんなときに、魔王の妻としての話が村に飛び込んできたのだ。

強い魔族ほど、特に男の魔族が人間の女を望むということは知っている。人間側も逆らえず欲されれば受け入れろというのがどの国でも暗黙の了解だった。

この習わしがいつから始まったのか定かではないものの、言いなりにしかなれない人間側にも一つだけ利点があった。それは、施し物である。

人間の世界と違って魔界は潤っていた。傾いた情勢によって食料や物資が不足している人間たちは、その施しに助けられていた部分もあったのだ。

村のために生贄になれと言われたとき、セラは絶望したが、同時に弟たちのためになるのではと考えた。そして村の広場から溢れるほどの施し物が魔界から届いたとき、セラは自分が魔王の妻となることが家族のためになるのだと確信した。

とはいえここ数ヶ月、魔王とは数えるほどしか顔を合わせていない。

初夜を迎えて以降、セラが魔王と肌を重ねたのはいつだっただろう。正確に記憶はしていないが、かなり時間が経過していたはずだ。

それ以外で魔王と会うことがなかったセラは、一日のほとんどを用意された自室で過ごしていた。

「わたしが部屋の外に出るなんて、魔王はいい気がしないと思う……」

「……そんなことはありませんわ。ニケが好きに城中を歩き回っていますもの。セラ様が許されないはずがありません」

言葉を包んだナディエーナだったが、もっとはっきり言うならば魔王は関心がないのである。

セラがどこでなにをしようと、どう過ごそうと、彼にとって微々たる――いや、まったくもって「どうでもいい」ことだった。

だが、そんなことセラに伝えられるはずもなくナディエーナは申し訳なさそうに目を伏せる。

まずはセラが魔王城で健やかに過ごせるよう努めること。それが自分の使命だとナディエーナは意気込んだ。そのためには試しに野原に出てみるのも悪くないのではと考える。

「セラさま、そと、いこ！」

「え、ええ……」

セラは曖昧に躱《かわ》している。

可愛い娘の提案に乗るのもいいのではないだろうか。天気が良ければセラにとっても気分転換になるだろうから。ちょうど良い温度になった紅茶をカップに注ぎながら、ナディエーナは二人の会話を見守ることにした。

数日後、強引なニケに背中を押されたセラは、野原へと赴くことになる。

そして、偶然にも魔王ノアールと出くわしたセラは、吐き気を催しその場に倒れた。

——お腹《なか》に子が宿ったのだと知るのに、時間はかからなかった。

どこか不機嫌そうな魔王に抱えられ自室に運ばれるセラを、城中の者が目撃していた。

なんの変化もなかった城内が、この日は密《ひそ》かに大慌てだったという。

引きこもっていたセラと、夜伽《よとぎ》以外で会うことがなかった魔王を偶然にも引き合わせたのは、ほかでもないニケだったのだ。

＊＊＊

夕食の間には、花嫁候補の令嬢たち全員が揃《そろ》っていた。

なぜこのような場所に連れてこられたのか理解不能な彼女たちは、ただ大人しく用意された自分の席に座って固まることしかできないでいる。

『こちらです』

セルイラとアメリアを席に案内すると、ニケはそれぞれに椅子を引いて座らせた。

（本当に食事をさせる気なのね）

室内の真ん中に用意された長い晩餐《ばんさん》テーブル。椅子の数は全部で十七席となっている。

最奥にある一つの椅子が飛び抜けて豪奢《ごうしゃ》な造りをしているため、この場に連れてこられた令嬢たちはすぐに予想がついた。

――誰が、その席に腰を下ろすのかを。

（令嬢のほかに、それぞれの部屋を担当のメイドたちと、給仕係が数人）

セルイラは見える範囲で魔族の顔を確かめた。

残念ながらセルイラの見知った顔の魔族はニケだけのようだ。二百年も経《た》っているのだから、人員の入れ替えでもあったのだろう。

（それにしても驚いた。まさかニケにもこんなに早く会うことになるなんて……ナディは今なにをしているんだろう）

二百年前、突然魔王ノアールに人間界に帰されたセルイラは、ナディエーナやニケと別れの言葉を交わすことができなかった。

（ニケ、随分と雰囲気が変わったのね。アルベルトもそうだけれど、なんだか……）

この感情をなんと例えれば良いのだろう。

心のもやもやは尽きないまま、セルイラは無意識のうちに両手を強く握り締めていた。

『なんだ？　もう揃ってんのか』

乱暴に扉が開け放たれると同時に、やる気のない声音が響く。

全員が一斉にそちらを注目すると、軽装になったアルベルトがずかずかと入ってきた。その一歩後ろに控えて続くのは、魔王の副官のメルウである。

『待たせたな』

アルベルトは一番奥に用意された席にどっかりと腰を下ろした。

テーブルに座った令嬢たちに緊張が走る。アルベルトと最も距離の近い席にいるアメリアと、その真正面に座る侯爵家の令嬢の顔はわかりやすく青ざめていた。

セルイラもアメリアの右隣に座っているのでアルベルトとの距離感が近い。けれど、臆した様子はなかった。

『メルウ』

静まり返った現状に眉を顰《ひそ》めたアルベルトは、顎をしゃくってメルウを呼んだ。

呼ばれた本人は軽くアルベルトに頭を下げ、令嬢たちに言葉をかけ始める。

「――まず初めに、あなた方はアルベルト王子殿下の花嫁候補として魔界へ召喚しました。ゆえに、その身の安全は保証いたします。また、本日より一ヶ月間、魔界で生活したのちにアルベルト様のお目に適《かな》わなかった者は、無事に人間界へ送還いたします」

ここに来て初めて令嬢たちから声があがった。帰れる可能性に、希望を抱かずにはいられなかったのだ。

「これから皆様には夕食を摂《と》っていただきますが……その前に、こちらにサインをご記入ください」

メルウの腕にあった書類の束がふんわりと宙を浮く。

一枚一枚が生き物のような動きで令嬢たちの前に運ばれると、同じく筆とインクも配られた。

(真名《まな》の記入……？)

用紙には簡潔にそう書かれていた。

真名、すなわち自分の名前である。

「名は心を繋《つな》ぐもの。真実の名を知れば、呪術により縛ることも簡単です。魔族は他人に真名を教えることはありませんが、あなた方には正直に書いていただきます。つまりこれは、誓約書です」

「……せ、誓約書？」

誰かが思わず声に出す。

それに反応したメルウはにっこりと口元に弧を描いた。

「ええ、こちらの指示に従っていただければ命の保証はいたします。ですが背いた場合——どうなるかは、皆様の想像力にお任せいたしましょう」

どこからか冷たい空気が流れ込んでくる。メルウは今もなお笑みを崩さない。

まるで脅しだ。言うことを聞かなければ真名を使ってどうとでもできると。

(メルウさん……)

セルイラの知るメルウは、魔王に忠誠を誓った臣下であり、普段は至って温厚だった。

だが、魔王ノアールに関することだと凄《すさ》まじい人だった。

「怖がらせてしまって申し訳ありません。しかし、過度な反抗さえしなければなにも問題ありませんのでご安心ください。こちらを用意したのは、念のための誓約書ですから」

一人、また一人と筆を取り始める。

どちらにせよ反発していけないのなら真名を書くことも拒めない。それに魔法が使えない人間にとっては、真名や心を繋ぐものと言われてもピンとこないのだ。

（とりあえず、書かないと）

しばらくの間、筆先の滑る音が夕食の間に響いた。

アルベルトはそんな令嬢たちをじっくりと眺めている。

席の近いアメリアの手が震えていることに気がついたアルベルトは、まるでいじめっ子のような顔つきでニヤついた。

（あれは間違いなくわざとだ。アメリアが怖がる様子を見て楽しんでいるなんて。やめなさいよ、悪趣味ね）

意図を察したセルイラは、思わずきつい視線をアルベルトに送ってしまう。

しかし、すぐに気づかれ目が合った。

（……わっ！）

セルイラは自分の誓約書に視線を戻す。

たった一瞬だけだ。そこまで不審に思われていないだろうと心を落ち着かせ、セルイラは真名を記入した。

（セルイラ・アルスター……で、いいのよね）

家名とはべつに、両親の旧姓、また両親が賜った称号を貰《もら》っている令嬢はそれも入れて『真名』となる。セルイラの場合は『アルスター』のみなので、特段迷う必要はない。

（それにしても、真名って……）

ふと何かを思い出したセルイラだったが、すぐにそれを打ち消した。

真名の記入後、食事が用意された。

カチャ、カチャ、と、ナイフとフォークの擦れる控えめな音が響く。夕食を始めてどれほど時間が経っただろうか。かなり長い時間いるような気もするが、実際にはそれほど時は動いていないのかもしれない。

（みんな食事が進んでいない。それもそうだわ、こんなの精神的拷問だもの）

食事の手を止めたセルイラは、口元を拭うフリをして視線を左右に動かした。

令嬢たちの疲労はすでに限界を迎えている。正直なところ、優雅に夕食を摂るよりは用意された自室にいたほうが心は休まるだろう。

『なあ、メルウ。なんなんだこの時間。こいつらなにも話さねぇし。城で飼っている魔獣のほうがまだ面白い反応をするぞ』

白ワインを飲み干したアルベルトが残念そうにため息をついて吐露した。

『そうですねぇ。皆様、緊張されているのでしょう。初日ですし、疲労しているのだと思いますよ』

『人間は、聞いていた以上にヤワなんだな』

そう言って、アルベルトは近くの果物に手を伸ばし頬張り始めた。

（黙って聞いていれば……随分な言い草じゃない）

セルイラの頬がピキピキと攣《つ》るのを感じる。

（見た目は立派なのに、まるでわがまま坊ちゃんだわ）

アルベルトは一体なにがしたいのだろう。自分の花嫁として令嬢を召喚したというのに、積極性が見られない。ただ令嬢たちの食事風景を眺めては横に控えるメルウに文句を垂れているだけだ。

（……まさかアルベルトも、人間に子をもうけさせるためだけに、わたしたちを召喚したというの？）

二百年前、魔族間で子ができにくいという話をナディエーナに教えられた。

魔力を持つ魔族は、互いの魔力が反発しやすいため受精がうまくいかなくなるのだと。力が強い魔族ほどそれに当てはまり、そのために魔力のない人間が純粋な器として頻繁に必要とされていた。

（二百年経って、それが今でも続いているのかはわからないけれど……もし、そうだとしたら）

その末路を、セルイラは身をもって経験している。すべての人間がそうであったかは確かめようがないものの、セルイラ自身は前世で痛い目に遭ったのだ。

（……最悪な気分だわ）

たまらずセルイラは、下唇を強く噛《か》み締めた。

――ガシャン!!

ガラスが割れたような音が聞こえ、セルイラは弾かれたように斜め前へ目を向けた。

「あ、あ……わた、わたくし……」

そこには顔面蒼白《そうはく》の令嬢が唇を震わせ、言葉にならない声を発している。

セルイラの斜め前……すなわち、彼女はアメリアと同じくアルベルトから一番近い席に座っていることを意味していた。

令嬢が卒倒しそうでいる理由は、じんわりと赤に染まり始めるテーブルクロスを見れば一目瞭然である。

（この方はモイズ侯爵家のサリー様だ。可哀想《かわいそう》に、持ち手が震えてグラスを落としてしまったみたいすり潰した果実の汁が注がれていたグラスの破片は、皿の角に当たった拍子に四方八方へ飛び散っていた。運が悪いことに、その汁がアルベルトの衣服を汚してしまったのだ。

『……』

汚れた自分の上着をじろりと見下ろしたアルベルトは、がたがたと震えるサリー令嬢のほうへゆっくりと視線を送った。

アルベルトは衣服を汚され怒りをあらわにしているというわけではない。

けれど瞬《まばた》きをひとつもせず表情を変えることのない反応に、控えていた使用人らにも緊張が走っていた。

「あの、わたくし……」

『なんだ？　謝罪の一つもまともにできないのか？』

うんざりとしたような、それでいて純粋な疑問を口にして、アルベルトは首を小さく傾げた。

「……っ」

圧倒されうまく話せなくなってしまったサリー令嬢に、アルベルトはそっと近づく。

『おい、なにか言ったらどうだ』

アルベルトは乱暴に彼女の顎を掴んで強引に顔を上に向かせた。

「ううっ」

『謝ることもできないのが、人間の女なのか？』

謝るどころではないサリー令嬢を不憫《ふびん》に思いながらも、ほかの令嬢たちは自分があのようにならなくて良かったと心底感じていた。

誰も彼女を助ける気などないのだ。もし口出しをしようものなら被害を被《こうむ》るのは助けたほうである。助けに入らないのではない。入れないのだ。魔王の息子が相手なのだから仕方がない。

（あのままじゃ、サリー様が）

令嬢たちが心の中で理由をつけ自分を正当化しているさなか、それに反してセルイラが席を立とうとしたときだった。

「そ、その者が……大変な無礼をいたしました。申し訳ございません。彼女に代わって謝罪をさせていただきます」

セルイラよりも一歩早く行動に出たのはアメリアだった。

『おいメルウ、この女はなんて言っている』

『彼女の代わりに謝罪をされています』

口を挟まずにいたメルウが、ちらりとサリー令嬢に目を向け説明をする。

それを聞いて興味深そうにアメリアを確認したアルベルトは、ハッと乾いた声を出した。

『さっきまで俺が近くにいるだけで怯《おび》えていたっていうのに、威勢がいいじゃねーか。なんだ、オトモダチってやつなのか？』

アメリアとサリー令嬢に接点らしい接点はない。むしろサリー令嬢は、陰でアメリアのことを「お高くとまった箱入り娘」と、ほかの令嬢たちと陰口の話題にしていたくらいである。

ちなみにセルイラもサリー令嬢の陰口の対象になったことがあった。彼女は古典的な高慢ちきな令嬢なのだ。

「も、もういやよ！　こんなのまっぴらだわ!!　なぜわたくしがこんな目に遭わないといけないのよ!!」

普段から気に食わなかったアメリアに助け舟を出されたサリー令嬢は、その惨めさからか、プツンと糸が切れたように悲鳴に似た声をあげて暴れ出した。

「誰が魔族の花嫁になんてなるものですか!!　さっさと家に帰して！　帰しなさいよ!!」

「サリー様、だめ……！」

「このっ、汚らわしい化け物！」

テーブルにあったグラスを握り締めたサリー令嬢は、アメリアの制止も虚《むな》しく思いっきりアルベルト目がけてそれをぶちまけた。

『……ははっ、ははは っ』

ポタ、ポタ、と。アルベルトの髪から滴り落ちる赤色の水滴。

甘ったるい匂いが周囲に漂い、サリー令嬢の興奮した息遣いと、アルベルトの押し殺した笑い声がセルイラの耳孔に伝わってきた。

サリー令嬢がぶちまけたのは、あの果汁の入った赤色の飲み物である。ほかの令嬢が一度も口をつけていなかったため、かなりの量がグラスの中に入っていた。

それを、すべてアルベルトに浴びせたのである。

『ふっ、ははは！　はー……俺はどうして、こんなものをかけられてるんだろうなぁ？』

ひとしきり声をあげて笑ったアルベルトは、鬱陶しそうに濡《ぬ》れた髪をかき上げると――。

『お前、もういい』

静かに、そうつぶやいた。

まるで猫が瞳を見開いたように、鋭く光るアルベルトの双眼は、サリー令嬢を捉えた。

「う、うう……!?」

突然、サリー令嬢の体が傾いた。

床に這《は》いつくばる形でいる彼女は、体が上から押しつけられているかのように不自然な動きをしていた。

(これは……魔力縛り！)

魔力縛りとは、その名の通り魔力で相手の動きを封じてしまう力だ。

体が一気に重くなり立っていられなくなると、力のない者は床に転がって苦しむことしかできない。

『アルベルト様、落ち着いてください』

『俺は至って冷静だろ？』

メルウの言葉に耳を貸さず、アルベルトは這いつくばるサリー令嬢に手をかざした。

すっ……と、手を下降させると、さらなる叫び声があがる。

「あああ！　お、もい、苦しい、誰かぁっ!!」

(アルベルト……まさかあの顔は、弄んでる？)

彼の表情は、飲料をかけられて癪《しゃく》に障ったという感じではない。

一つの玩具《おもちゃ》を扱うようにサリー令嬢に魔力縛りをかけていたのだ。

「待って、アル――」

「やめてください！」

パチーン、と。乾いた音が鳴った。

セルイラがアルベルトの名前を呼ぶと同時に、アメリアの声がこだました。

「アメ、リア……？」

セルイラは目を凝らして何度も確認する。

何度見ても、セルイラの目に映るものは変わらなかった。

平手打ちをしたアメリアと、平手打ちをされ呆然《ぼうぜん》とするアルベルト。驚きのあまりアルベルトの魔力縛りは解け、気を失ったサリー令嬢はそのまま床に倒れ込んでいた。

「ひどい……あんまりです……。こんなことを、するなんて！」

ポロポロと、アメリアの目頭からは涙が溢れ出した。

「あなたには、心がないのですか！　苦しんでいる姿を見て、なにも感じないのですか‼」

言葉が通じないとわかっていて、アメリアは未《いま》だに立ち尽くすアルベルトを叱咤した。

『……』

ぱちぱちと、ようやくアルベルトは瞼《まぶた》を動かす。

少しだけ赤らんだ自分の片頬に手を触れ、そして涙を流すアメリアを凝視した。

『お、まえ……』

王子を叩いたアメリアは、サリー令嬢以上に罪深い。この場で命を奪われてもおかしくなかった。

しかし、アルベルトは一向に動かない。

瞬きを繰り返しては広げた眼でアメリアの姿を映し、まるで見入っているのか反応が鈍くなっていた。

この沈黙はいつまで続くのかと、そう思っていたときである。

『――アルベルト。これは一体、どういうことだ』

夜のしじまに包まれたかのような感覚に、セルイラは動きを止めた。

（……今の、声）

落ち着いていて、どこか頭の奥を震わせてくる独特な声音に、セルイラは片耳を押さえた。

室内の壁に取りつけられたオレンジ色の蝋燭《ろうそく》の火が、次々と鮮明で透き通る紫の色彩に灯《とも》される。

夕食の間の蝋燭が、すべて色を変えた途端――。

『なぜ、人間の女性たちがここにいる。説明するのだ、アルベルト』

いつの間にか、彼はそこにいた。うっすらと目を細めて周囲の状況を確認していたのだ。

誰かが声を発したわけではないというのに、使用人の魔族たちは揃いも揃ってその場に跪《ひざまず》いていく。

『魔王様』

メルウは片膝をつき、圧倒的な威圧感を放った男に向かってこうべを垂れた。

（……ああ）

艶やかにのびる漆黒の髪と、宝石の如《ごと》き美しさの紫色の瞳。

二百年前から変わらない。その物憂げに蠱惑《こわく》的な色香を放つ白い横顔が、密かに顰《しか》められていた。

(ノアール)

たった一粒の涙が、セルイラの頬から滑り落ちる。

人間である令嬢たちすらも目を奪われて魔王ノアールを凝視する中で、セルイラの足は反射的に前へ動いていた。

大股四歩。それが、セルイラと魔王ノアールの間にある距離だ。

本物の威力は、とてつもなく凄まじい。

一目見ただけで胸が凍りつき、一目見ただけで深い悲しみが込み上げ、一目見ただけで——恋しいと、感じてしまう心があった。

「……っ」

どうして、どうして、どうして——声にならないセルイラの言葉が脳裏で痛々しく響き渡る。

(ねぇ、ノア。どうして、あんなことをしたの?)

二度目の命を授かり生きてきたセルイラは、いつか過去の清算をしなければと心に留めていた。新しい人生、新しい人間となり別人として生きられるほど自分は器用ではなかったから。

だからこそ前を向くためにも過去の清算が必要だった。だというのに。

(どうして)

セルイラだけが、あの日に戻っていた。言いたいことが山ほどある。

魔王ノアールをこの目で見てしまった瞬間に、怒りも不満も悔しさも、全部をぶつけたくなってしまった。

力強く握ったセルイラの手のひらが肩より高く持ち上がる。

今の今まで彼に一撃を入れてやりたいというセルイラの意気込みに嘘《うそ》はなかった。それだけのことを二百年前にされて、むしろこれだけでは足りるはずがないと思っていたのだ。

魔王ノアールに、手が届こうとしていた——その瞬間までは。

（……どう、して？）

セルイラの疑問は、全く別の意味で浮上した。

ノアールに向けられていた手は空中でぴたりと止まり、セルイラの体は勢い余って前のめりになる。

彼の胸板に手が触れたとき、あまりの冷たさに背筋が粟立《あわだ》っていた。

『……』

前髪の隙間から窺《うかが》える顔に覇気は一切ない。ノアールを見上げるセルイラは、戸惑いを隠すことができなかった。

うっすらと確認できる目の縁の隈と、横髪で隠れる痩せた頬。病的とはいかなくても、二百年前よりやつれた様子のノアールは、あの頃一番近くで見ていたセルイラからしてみれば異常だった。

「……あなた。一体、なにが……？」

そして、異変はすぐに起こった。

『……ぐっ』

セルイラが口を開いたと同時に、目の前のノアールが首を手で押さえ苦しみ出したのだ。

正確にいえば、セルイラからの視点で苦しんでいるように見えたというのが正しい。周囲が気づいているか定かではないけれど、苦渋の色を浮かべるノアールはふらりとセルイラから半歩離れた。

『アルベルト、メルウ。この話は後ほどだ』

『魔王様！』

引き止めるメルウに目もくれず、ノアールはこの場から瞬時に姿を消した。

「……なに、あれ」

魔法によってノアールの姿が見えなくなるまで、セルイラは青ざめた彼の横顔を焼きつけていた。

自分が想像していたのは、あんな顔ではない。あのような魔王を求めていたのではない。

たった数秒だけ触れた体の冷たさが指の先に残っている。衣服越しだというのに、まるで人形のようだと思った。

（わたしは、あなたを恨んでいるの。それなのに、今のあなたは、どうしたというの）

その顔を見るまで、セルイラの中の魔王ノアールは、自分勝手で無慈悲な男だった。

だというのに、あの顔を間近で見てしまったら、なにかあったのかと考えてしまう。

（ううん、きっと気のせいだわ。わたしには関係ないもの。……あなたは今も昔も、変わらず残酷な人なのよ）

彼の体に触れてしまった自分の指先を、セルイラはぎこちなくこすり合わせた。

「不敬罪ですね」

メルウは貼りつけたような笑みを湛《たた》えながら、投獄されたセルイラに言い放った。

（……まあ、そうなるわね）

ここは魔王城の地下にある牢《ろう》。許可なく魔王ノアールに至近距離で近づき、あろうことかその身に触れた。それがセルイラの罪状だった。

触っただけでこうなるのなら、叩いていたら即殺されていたのだろうか。なんてことをぼんやりと考え込むセルイラに、メルウは再度言葉をかけた。

「真名を名乗っていただけますか」

「……セルイラ・アルスター」

「はい、結構です。では、なぜあなたは魔王様に近づいたのですか？」

「それは……」

牢屋の椅子に座ったセルイラは、鉄格子を挟んで対面するメルウを見つめる。

魔王の副官メルウ。彼は二百年前も魔王の側近としてそばに仕えていた。

セルイラも前世では何度も顔を合わせていた。人間の言葉を巧みに操れたメルウは、主にマナーや教養の講師として世話をしてくれていたのだ。

『メルウ殿。残りの人間の女二名、牢へ入れました』

『ああ、ご苦労さまです。声をかけるまでは上階で待機を』

『かしこまりました』

メルウの命令に牢番は階段を上っていく。牢番の足音以外に音はなく、地下牢は静かなものだった。

「わたし以外の二人も、ここに？」

「ええ、もちろん。ある意味あなたより罪は重いですからねぇ。ここより奥の牢に入れていますよ」

二人というのは、同じく夕食の間で目立っていたアメリアとサリー令嬢のことである。

「……二人は、どうなるのでしょうか」

真名を記入した際、身の安全は保証するとメルウは言っていた。だが、アルベルトに手をあげてしまってもそれは約束されるのだろうか。

この国の王子である彼にしてしまったことを考えれば、むしろ無事で済むほうが不思議である。

「無駄な殺しは避けたいというのが本音です。そうですねぇ……ここは、あなたの答え次第で、処遇を決定しましょうか」

「どういうことですか？」

メルウは無言のまま片眼鏡を持ち上げて、牢の鍵を開ける。

ギィ……と錆《さ》びた鉄の音と、だんだんと近づいてくる靴音。牢の暗さも相まって、目の前に迫ったメルウの崩れない笑みが薄気味悪いとさえ感じた。

『私が今なんと言っているか、おわかりですね？』

「……！」

いきなり放たれた魔界語にセルイラが反応を示すと、メルウの瞳は獲物を捕らえるように鋭く光った。

『ニケの言う通り……どうやらあなたは、魔族の言葉を理解できるようですね。それなりに話せるとも聞きましたが、事実ですか？』

やはりニケは、ほかのメイドに絡まれたときのことをメルウに報告したらしい。

いまさら隠しても無駄であると悟ったセルイラは、恐る恐る口を開いた。

『ええ。話せます』

『……驚きましたね。なぜ、そこまで習得されているのです？』

『興味があったからです。オーパルディア国には多くの文献や魔族に関する資料がありましたから、それを日々眺めていました。城にはその道に明るい人間もいたので、彼らから学んで――』

『王子の花嫁候補を、魔王と間違えるほど拙い解読だったはずですが……教えることに関しては優秀ということなのでしょうか』

『そ、それは』

セルイラの説明など、端《はな》から信じていなかったのかもしれない。

メルウは胡散臭《うさんくさ》げな視線を投げかけると、突然セルイラの顎を乱暴に鷲掴みにした。

「うっ……⁉」

『殺しはしませんから、騒がないように』

メルウは抑揚のない淡々とした言葉でセルイラに尋ね始めた。

『夕食の間から変わらず、あなたの反応だけが不自然なことに気づいていましたか？　あなた以外の花嫁候補には、一括して恐怖心があった。魔界に対する恐れ、魔族に対する恐れ、アルベルト様に対する恐れ。しかし、あなたにはそれが異常すぎるほどにないのですよ』

『それが、なにか問題でも』

『問題だらけです。オーパルディアの差し金と仮定した場合、あなたが訓練を受けた反逆者だという可能性も考えられますからね』

『それは、ただの仮定の話でしょう？』

『そうでしょうか。では、なぜあなたは魔界語をそこまで熟知しているのですか』

『だからそれは、もう話したじゃない……っ』

口調が崩れたセルイラは、体をよじらせてなんとかメルウの手を逃れようとする。

とはいっても魔族の力に敵《かな》うはずもなく、懸命な抵抗もみしみしと骨が鳴るだけで終わった。

『オーパルディアは、誰も紛れ込ませてなんかいないわ。そんな無謀なこと、すると思うの？　魔法が使える魔族相手に下手を打つほど人間は愚かではないわっ』

負けじとセルイラは強気に出る。ここで怯《ひる》むわけにはいかない。

メルウは魔王の腹心だ。つまり、二百年前に子どもだったアルベルトやニケと違って、魔王のやる事なす事に従い動いていた確率が高い。セルイラが警戒すべき魔族の一人なのである。

『魔界語以外にも気がかりなことがあります。夕食の間での……あなたの視線です。アルベルト様に向けたあの目……あれはなんだったのでしょう』

あれ、とは。横暴な言動の数々を繰り返すアルベルトに対して、セルイラが強い視線を送っていたことを言っているのだろうか。

それを敵意だと受け取ったのならメルウの考えは見当違いである。

あの時のセルイラは、息子の度が過ぎる言動に頭を抱え込みたい衝動を抑え、あわよくば叱咤したい思いだったのだから。

（さっそく疑われてしまうなんて……）

自分の甘さを反省すると同時に、セルイラはこの場をどう切り抜けるべきかを考えた。

前世の経験から魔族に対しても物怖《ものお》じしないことが、メルウの警戒を強めてしまっているなんて。

（……それに、いまさらアルベルトを怖いだなんて思えないわ。この体ではないとはいえわたしが産んだことに変わりないのに、恐怖なんて感じるわけがないじゃない）

御湿を替えていた子に……恐怖心？　駄目だ、やはり感じない。

『――メルウ！　ここにいるんだろ！』

不意に聞こえてきたのは、階段を降りる軽快な足音だった。

セルイラの顎から手を離したメルウは、声の主を出迎えるため牢の外に出た。

『アルベルト様、なぜこちらに？』

『お前がいつまで経っても戻ってこねーから、わざわざ迎えに来てやったんだろ』

ガシガシと頭を掻《か》きながら説明するアルベルトは、歩みを緩めてその場に立ち止まった。

牢の中にいるセルイラに気づくと、こちらに目をやり面白そうに口角を吊《つ》り上げる。

『お前は許可なく父さんに近づいた人間だったな。ほかの女たちに比べて威勢のいい顔をしていたが、あれはなんだったんだ？　まさか色香にでもやられたか？』

『……そんなわけないじゃない。変なことを言わないで』

心外だと答えると、アルベルトは感心したように鼻を鳴らした。

『へえ……。ニケの言った通りだ。人間のくせに魔界語を話してやがる』

『只今《ただいま》それについて言及していたところです。どうにも、彼女はなにか隠しているような気がしてなりませんから』

セルイラは唇を結ぶと、メルウから目をそらす。彼に前世のことを正直に打ち明ける気にはなれなかったからだ。

『彼女には後ほど詳しい話を聞くことにいたしましょう。それよりも、アルベルト様』

『なんだよ？』

一旦標的をアルベルトに変更したメルウは、ゆったりと首を傾ける。

『なぜ、このような場所に、アルベルト様が直々にいらっしゃったのか。とても気になるのですが』

『だから、お前を探しに――』

『いつもなら衛兵をお使いになっている、あなたがですか？』

早口のメルウに、どういうわけかアルベルトの視線が斜め上を向いた。

セルイラから見てもアルベルトの挙動はどこか不自然である。

ちらちらと、別の牢に目を向けているような――とにかく変だ。

『……あの女、名前はなんていうんだよ』

我慢ならなかったアルベルトは、メルウからぷいっと顔を背けて言った。背けた方向はセルイラのいる牢屋側で、鉄格子の隙間から見える顔が動揺を隠しきれていない。

『女とは、どなたのことで？』

『決まってんだろ！　俺の顔に一発入れた……イ、イカれた女のことだ！』

すぐにセルイラは、アメリアのことだと理解した。

『あの……アメリアが、なにか？』

魔王に触れたセルイラも罪になるが、王子を叩いたアメリアの罪も相当なものである。

そんな彼女の処遇が心配になったセルイラは、思わず鉄格子に駆け寄って尋ねてしまう。

『……アメリア？　あ、あの、無礼な女の名前か？』

『そうよ。それで、アメリアをどうしようと――』

『ふん、アメリア……アメリアな。あの女にピッタリなくらいパッとしない名前だな！　ははは！』

『……アルベルト様？』

アルベルトは仁王立ちを決め込み、腕を組んで高笑いをしている。

あまりにもわざとらしく、セルイラは呆気《あっけ》にとられてしまった。

（……わたしの、気のせい？）

地下牢にある行灯《あんどん》の光を浴びたアルベルトの両の頬が、ほんのりとだが色づいていた。

彼がアメリアに平手打ちをされたのは左頬だった。万が一に傷が残ったとして、腫れるのは左だけのはずだ。

（ま、まさか）

そわそわしたアルベルトの姿が信じられず、セルイラは何度も瞬きをする。

だが、やはり変わらずそこにいるのは、控えめながらも顔を赤く染めたアルベルトだった。

とてつもなく既視感を覚える。セルイラの可愛い妹――チェルシーが、婚約者であるレオルのことを語るときの恋する横顔に、似ているのだ。

「――っ。なにがどうして、そうなったの……」

言うつもりなどなかった。自分の今の立場を考えれば黙って事の成り行きを見守るほうが得策である。けれど、どうしてもその疑問を無視することができなかったセルイラは、思い悩むように独りごちる。

人間の言葉がわからないアルベルトでも雰囲気から察したのだろう。牢の中で口元を覆うセルイラに食ってかかった。

『おい、言いたいことがあるなら魔界語で話せ！』

口をムッとさせたアルベルトは、どういうわけかこんな状況だというのに可愛く見えてくる。夕食の間で傍若無人に振る舞っていた張本人なのかと疑ってしまうほどだ。

　これなら幾分、話が通じる気がした。

『……アメリアのこと、好きになっていたり、する？』

　ド直球に尋ねたセルイラは、すぐにやってしまったと考え直す。

　反応がないと思った直後、アルベルトから嵐のように言葉が降ってきたからだ。

『はぁ？　はあああああ!?　あぁ!?　なに寝ぼけたことを言っているんだお前は！　頭でも沸いているんじゃないのか色ぼけ女！　どうして女ってやつはすぐに惚《ほ》れた腫れたの話をしたがるのか全く理解できねぇ!!　俺が、いつ、アメメメアメリアを好きだって……!?』

　盛大に舌を噛んだ様子がなおさら痛々しくて見ていられなかった。説得力も皆無である。

（花嫁候補をあれだけ召喚しておいて、色ぼけ女とは言ってくれるわね）

　ガシャンガシャンと鉄格子を両手で握って激しく動かすアルベルトを、セルイラは一歩離れて遠目に確認する。

『……変な勘ぐりをして、ごめんなさい』

　さすがに『好き』は直結しすぎたかと、セルイラは早々と非礼を詫《わ》びた。

　あまりにも素直に非を詫びたセルイラが意外だったのか、アルベルトの返答は鈍くなった。

『……いっ、いきなりなんだよ。べつに俺はそこまで腹を立てていたわけじゃ、ない』

『……それはそれで情緒不安定ね。心配になるわ』

『ああ!?　なんだと!?　なんで心配されないといけないんだ！　いい加減にしろお前！』

花嫁候補の人間と魔界の王子ということも忘れ、二人は言い合いを始めてしまった。

視界の隅にいたメルウは心底驚いた様相でセルイラを見つめていたが、大袈裟《おおげさ》に咳払《せきばら》いをして止めに入ってくる。

『お二人とも、少しお静かに願います』

『メルウ、この変な女の好き勝手に言わせてたまるか！』

『そう言いながらも随分と楽しそうだったではありませんか』

『た、楽しそうだって……？』

アルベルトは口を魚のようにパクパクとさせ絶句していた。

『あなたも、ご自分の立場を理解していないわけではありませんよね？　アルベルト様にそのような無礼を働くなど、よほど命が惜しくないのでしょうか』

ぐうの音も出ない。まさか自分がセルイラとして、息子のアルベルトと口論してしまうとは。

それはセルイラの中で区別ができていない証拠だった。どうしても花嫁候補としてではなく、前世の母としての気持ちが上回ってしまうのだ。

『やはり、先に対処をどうにかすべきでしたね。アルベルト様、いかがなさいますか。この者の真名を使用すれば白状させることもできますが』

『……そうだな』

決定を委ねられたアルベルトは、セルイラの顔がよく見える位置まで近寄った。鉄格子を挟んだ先で、アルベルトはじっと観察するように眼を眇《すが》める。そんなアルベルトをセルイラは黙って見返した。

『なんだ……？』

セルイラを見ていたアルベルトが、急に眉を顰めると匂いを嗅いだ。そして先ほどのように格子を掴むと、食い入るようにセルイラを見つめた。

強烈な眼差しにさすがのセルイラも戸惑っていれば――。

『――やめだ、やめ。真名で従わせるほどの企みが、この女にあるとは思えない。やるだけ時間の無駄だろ』

興が削がれたように、アルベルトは視線を横に流した。

『アルベルト様、よろしいのですか?』

『どっちにしろ、お前も半分は脅しのつもりで言ったんだろ』

メルウは図星を突かれた様子だったが、アルベルトは気にする素振りもなく地下牢を出ていこうとする。

これにはセルイラもわけがわからず、歩いていくアルベルトの背中を見送るしかできなかった。

『……アルベルト様がおっしゃるのならば、私《わたくし》は従うまでです。ですが、セルイラ・アルスター。あなたの警戒が解かれたわけではありません。そのことを努々《ゆめゆめ》お忘れなきように』

『――それと、俺はべつにあの女のことなんて気になっていないからな! 変な勘ぐりをするなよ!』

メルウの忠告すら書き消す勢いで、地下で反響したアルベルトの声は、騒がしくセルイラの牢まで届いていたのだった。


魔界に召喚された初日。セルイラは地下牢で夜を明かした。

目が冴《さ》えて眠ることができなかったセルイラは、地下牢で過ごす時間を頭の整理に費やした。

(結局、お咎《とが》めなしになるなんて)

メルウの説明によると、夕食の間での始終をすべてなかったことにするらしい。

給仕の使用人たちにも『真名』を行使して他言無用の誓いを立てさせ、騒ぎ自体を消したのだ。

セルイラとしては願ったり叶《かな》ったりだが、なぜそのような処置をとったのか気になるところである。

アルベルトの対面を保つためのものだったとして、ほかにもセルイラには引っかかることが多かった。

――魔王ノアールのおかしな様子は？

想像と違ってひどく無理をしているように見えたのは、セルイラの勘違いだったのだろうか。

――アルベルトは、サリー令嬢に腹を立てていたのでは？

だというのに地下牢にやって来たアルベルトは、口も態度も悪かったけれど、手がつけられないほどの暴君ではなかった。夕食の席での振る舞いが異常だっただけで、切り替えられずつい無礼な態度をとっていたセルイラに関しては気にも留めていないようだった。

次から次へと増えていく疑問に、セルイラは奇妙な違和感に包まれていた。

「……セルイラ！　良かった、無事だったのですねっ」

朝方になって部屋に戻されると、先に帰っていたアメリアが抱きつく勢いでセルイラに駆け寄ってきた。

痛々しい疲労が目に見えてわかるアメリアを前に、無言のままセルイラは優しく彼女を抱きしめる。

「アメリアも、なにもなくて良かった。一晩、不安だったでしょう？」

細い肩をぽんぽんと労《いた》わるように触れる。我慢しきれなくなったのか、アメリアからは咽び泣く声が聞こえてきた。

「ごめ、なさい。わたくし、あんなことするつもり、なかったのに……どうしても、アルベルト《あのひと》のすることを黙って見ていられなくて」

「……うん。びっくりしたね。だけど、アメリアは勇敢だったわ」

「でも、どうしましょう。メルウという魔族の方はこれ以上罪に問わないと言っていましたが、本当にそうなのか、怖くて……っ」

「そう、だよね」

腑に落ちない点は多いものの、不敬罪が取り消されたのは事実である。

それでも事態の収拾をうまく呑《の》み込めていないアメリアにとっては不安で仕方がないのだろう。

「すみません……もう少しだけ、このままでもいいでしょうか？」

「うん、もちろん」

ついには声をあげて泣き出したアメリアに、セルイラは気が済むまで自分の胸を貸していた。

（……サリー様には、精神安定の魔法をかけると言っていたけど）

昨日、地下牢を去っていくメルウにダメ元で訊《き》いて返ってきた答えである。

メルウがセルイラに言ったことは、おそらく嘘ではないと思う。そんな嘘をつくような人ではなかったはずだ。

（だからって、油断はできない。だってメルウさんは、関わっているから）

ふと、二百年前の光景が脳裏に蘇《よみがえ》ってくる。セルイラの体がぶるっと震えた。

一生記憶からなくなることはないだろう。セルイラをさらなる絶望に陥れたあの光景だけは。

あの惨憺《さんたん》たる結果が、前世の『セラ』の最後を決めてしまったといっても過言ではない。

「――チチチ、チュンッ」

その聞き慣れたさえずりに、影が差していたセルイラの瞳に光が戻った。

「どこからでしょう……鳥の声がしたような」

泣いていたアメリアにも聞こえたようだ。アメリアは涙を拭うと、セルイラの胸から顔を離して周囲の確認を始めた。

「わたしにも聞こえたけれど……」

二人して部屋中を見回す。なんとも知っている鳴き声だった。

まさかと思いながら、セルイラは部屋に取りつけられている窓に目を向ける。

「ア、アオ⁉」

窓の向こう側にあるのは、小さなバルコニーと、オーパルディアとなんら変わりない爽やかな色の空、そして――青い小鳥の姿だった。

「どうしてアオがここにいるの⁉」

セルイラが急いで窓を開ければ、太陽の日差しと共にアオが部屋の中に入り込んできた。

「チュン」

アオはセルイラが広げていた両手の上に舞い降りると、可愛らしく鳴いた。

「どういうこと？　魔界にアオがいるなんて、違う小鳥じゃない、よね？」

「チチッ」

まるで自分がアオだと主張するような鳴き方だ。長年のつき合いであるアオを、見間違えたりはしない。それに、こんなにセルイラに懐いてくる青い小鳥は、アオ以外に考えられなかった。

「セルイラ、その小鳥をご存知なのですか？」

「わたしがオーパルディアの王城でよく餌をあげていた子なの。それがどうして魔界にいるんだろう」

「もしや、神殿に入り込んでいたのではないですか？　それで一緒に召喚に巻き込まれてしまったのかもしれません……」

どこか不憫そうにアメリアはアオを見つめた。アオは話がわかっているのかいないのか、呑気《のんき》に小首を傾げている。

アメリアの仮説の通り、アオは召喚に巻き込まれた線が高いだろう。これだけ小さな鳥ならば、天井の隙間を器用にくぐって飛べそうではある。

魔界に来てしまったアオを放っておくわけにはいかない。魔王城には飼い慣らされているとはいえ魔獣がいるのだ。なにかの拍子にアオが獲物になろうものなら想像しただけで恐ろしい。

『失礼いたします。セルイラ様、アメリア様』

アオのことで頭を悩ませていると、扉の外から声がかかった。

『おはようございます。お二人が部屋に戻られたと聞きましたので、こちらをご用意いたしました』

部屋に入ってきたのはニケである。昨日と変わらず無表情な彼女は、その場で小さくお辞儀をして言った。

『本日のご朝食ですが、お部屋で召し上がるようにとのことです』

ニケが運んできたのは、キャスター付きの配膳台だ。焼きたてのパンの香りが室内に漂い始めると、匂いにつられたアオが嬉しそうに羽をぱたぱたと動かした。

「チュンチュンッ」

「ちょっと、アオっ」

アオはセルイラの手を離れると、ニケのそばに近づいていく。一体どこに行くのかと目で追うと、あろうことかアオはニケの頭の上に着地した。

『……なんですか、この鳥は』

見つかってしまったからには隠しようがない。セルイラは正直にアオが現れた経緯を話した。また、なんとか部屋に置かせてくれないか頼んでみる。

『この鳥を、ですか』

ニケは頭上で陣取るアオを自分の指に乗るよう誘導すると、仕方なさそうにため息を漏らす。

『……メルウ様には、私から報告いたします。見たところただの鳥のようですから、保護という形で置いておけるでしょう』

『え、いいの？』

あっさりと部屋に住まわせる許可が下りたことに、セルイラは耳を疑ってしまった。

『もちろん最終決定はメルウ様にありますが、わざわざ一羽の小鳥のために転移の魔法陣は使わないと思いますから』

今まで抑揚がなかったニケの声音が、アオを瞳に映したことにより和らいでいた。

(変わったと思ったけれど……変わっていないところもあるのかも)

ニケは、生き物を愛《め》でるのが大好きな子どもだった。

アオが現れたことによって、その片鱗《へんりん》を少しだけ垣間見《かいまみ》たような気がしたのだ。

そして、ニケは朝食をテーブルに用意したあと、さっそくアオのことを報告するといって部屋を出ていった。

「よかったですね。どうにか話を通していただけそうで。アオちゃんも嬉しそうです」

窓枠でパンの切れ端を啄《ついば》むアオに目を向け、アメリアが微笑んだ。

「ニケさんも、話がわかる人みたいですし。初めてお会いしたときは、少し怖い印象がありましたが……」

「うん、そうね」

「セルイラ？」

どこか心ここに在らずのセルイラに、アメリアは首を傾げた。

セルイラは、ニケのことを考えていたのだ。

自分の知っているニケは、笑顔が眩《まぶ》しい女の子だった。あの天真爛漫《らんまん》な性格に前世では何度も救われていた。それがどうして感情を押し込めるような性格になってしまったのだろう、と。

（そういえば、ナディは今も魔王城にいるのかな）

まだ一度もナディエーナの姿を見ていないセルイラは、彼女の所在が気になってしまう。

「それにしても、セルイラが魔界語を話せたことには本当に驚きました」

考えに浸っていたセルイラは、アメリアの発言に顔を上げた。

手に持っていたフォークとナイフを皿に置き、セルイラは曖昧な笑みを作る。

「オーパルディアにいた頃は、お茶会もそっちのけで魔族の本ばかりを読み漁《あさ》っていたから。役に立って良かったと思っているわ」

「なぜそこまで魔族のことを？」

「……たぶん、半分くらいは意地なんだと思う」

「意地……」

答えとしてはスッキリしないセルイラの回答だったが、アメリアはそれ以上のことを聞き返すことができなかった。セルイラの表情が、悲しそうに見えたからである。

朝食を摂り終えた頃には、二人の会話は「一ヶ月経てばオーパルディアに帰れる」という話題に移っていた。

「あの方にお目に留まることはないでしょうし、このまま本当にオーパルディアに戻れれば良いのですが……」

「ほ、本当にね」

セルイラは地下牢で騒いでいたアルベルトのことを思い出してしまった。

(目に留まって……ないよね)

本人も激しく否定していたのだから、自分の勘違いであったのだと祈るほかない。

確証もなくアメリアに事情を話せば混乱を招いてしまう恐れもある。セルイラは余計なことは言うまいと黙っていることにした。


夢を見た。

これは夢であるとセルイラが察したのは、自分が浮いていたからである。

浮いているというよりは、羽ばたいていると言ったほうが近いのかもしれない。

(ここは、魔王城……？　わたし、アオになってるの？)

夢だからだろうか。体が青い小鳥になって魔王城の中を飛んでいると、どういうわけかそれが具体的に客観視できていた。

視点はあくまでアオであり、セルイラが行きたいところへ羽ばたいていけるわけではない。なんとも縛りのある不自由な夢だった。

(ここは、そうだ。ノアールの……)

夢の中のアオは、迷うことなく静まり返った魔王城を進んでいる。

パタパタと微《かす》かな羽音さえ響きそうな寂しい廊下の先には、記憶に間違いがなければ魔王ノアールの寝室があった。

アオが重厚な扉の前までやってくる。すると、風に押されたようにして固く閉ざされていた扉が開いた。

(……いた)

その姿に、セルイラの鼓動が速まっていく。全身が脈打つような感覚に陥った。

(ノアール)

闇夜に紛れたノアールは、窓の外をじっと眺めていた。空には青白く巨大な月が浮かんでいる。あと数日もすれば完璧な円を描くであろう月を、取り憑《つ》かれたように見上げていたのだ。

(なんて現実味のある夢なの)

淡い月光の輝きを纏《まと》うノアールは、触れれば音もなく消えてしまいそうで、例えようのない切なさがセルイラの心に染み入った。

『――』

ふと、ノアールの唇が形を作り微弱な音を紡ぎ出す。しかしセルイラには聞こえず、気になっていればノアールの姿が視界から消えた。

天井付近で翼を動かしていたアオが、ノアールの寝室を探索するように飛び始めたのである。

おかしなことにアオの存在をノアールは全く認識していなかったが、それも夢だからとセルイラはすぐに納得した。

(これはわたしの夢、なのよね。そっか……だから部屋も、あの頃と同じままなのね)

二百年前から、ここはとても殺風景な部屋だった。本当に人が生活しているのか疑うほどに一切の乱れがない無機質な空間。物欲のなかったノアールには、二百年前もこれが普通だった。

執務室はべつにあるとはいえ、必要最低限の寝台とお情け程度のサイドテーブルがあるのみ。ほかに調度品の類いはなく、言わなければここが城主の部屋であるとはわからないほど質素な一室である。

(早く、覚めて)

目をそらしたくてもそらせず、だからといって自分の意思で夢を終わらせることができない。セルイラが居《い》た堪《たま》れずにいると、アオは寝台横にあるサイドテーブルに足をつけた。

(――!!)

サイドテーブルには、萎れかけた一輪の花が置かれているだけだった。

真っ白な絹布の上に大切そうに寝かせられる花は、あきらかに弱っているものの鮮麗な紫に色づいている。

（これは、夢。もう、いいでしょう。起きて）

飾り気のない簡素な空間で浮いた花の存在にセルイラは釘《くぎ》づけになるものの、その瞬間に飛び込んできたのは、吐息混じりのノアールの声音だった。

思わず出てしまったかのような、静かな声。

『――、セラ』

夢は、終わりを告げた。


居眠りをしていたことに、セルイラは起きてから気がついた。

（たしか……朝食のあとに眠くなって、少しソファでアメリアと休んでいたんだ）

二人がけのソファに身を沈めていたセルイラは、隣で寝息を立てるアメリアの横顔にほっと息をつく。

ふとセルイラは視線を下に動かした。膝に置いた手には、アオが器用に丸まって眠っている。餌を食べすぎたのか、指に当たるお腹は笑みが溢れるほどに柔らかい。

アオを手に乗せて眠っていたから、あんな夢を見てしまったのだろうか。

（……あの夢は、なんだったんだろう）

動悸《どうき》が全く治まらない。

夢であったはずなのに、セルイラの耳にはその声が今も深く響いている気がした。

【第三章】

魔界に召喚された日から、早くも数日が経過していた。

けれど拍子抜けするほどアルベルトとの関わりはなく、花嫁候補の令嬢たちはずっと部屋での待機を命じられていた。思えばアルベルトを交えて食事をしたのも、最初の一回きりである。

「良い天気ね、アメリア」

「ええ、そうですね。ここが魔界だとつい忘れてしまいそうになります」

この日、セルイラは茶会に参加するため中庭に訪れていた。

空は晴天、気温もほどよく良好。室外で過ごすにはお誂《あつら》え向きの日和である。

(ほかの人たちは揃《そろ》っているようね。それに、思ったよりもしっかりした会場だわ)

花嫁候補として人間の女性を召喚したからには、最低限の習わしをするべきだという意見が予想に反して多く臣下から挙がったらしい。そのため、こうしてセルイラとアメリアは茶会が開催される中庭にやってきたのだ。

無事にメルウの許可が下りて一緒に生活することになったアオは、連れてくるわけにはいかなかったので留守番をさせている。

ここまで案内をしてくれたニケは、二人から距離をとりつつ後ろに控えていた。

ほかの令嬢たちの担当であるメイドも同じような位置に待機している。

「それにしても、綺麗《きれい》な庭園ですね。あの花はなんでしょうか？　初めて見ます」

「珍しい色合いの花ね」

視線をあっちこっちと動かすアメリアの様子にセルイラはとりあえず一安心する。

(怖がってはいないみたいだけど)

それよりも魔界にしか咲いていない植物にアメリアは気を取られているようだった。

初日にメイドから危害を加えられそうになったアメリアだが、多少は環境に慣れ始めたのかもしれない。

中庭には、茶会用にテーブルセットが幾つも設置されている。案内された令嬢たちは思い思いに腰を下ろしているが、向けられた視線はアメリアと同じように咲き誇る花々を映していた。

本当に見事な花園である。室内にこもりっぱなしの彼女たちにとっては癒《いや》される景色であった。

「……あの」

しばしの間アメリアと共に庭を眺めていれば、後ろから声をかけられた。

振り向くと、そこには自信なさげに顔を俯《うつむ》かせたサリー令嬢の姿があった。

「サリー様、ごきげんよう」

隣で表情を硬くしたアメリアに代わり、まずセルイラが挨拶をする。

サリー令嬢はぎこちなく会釈をするものの、意識はアメリアに向けられていた。

もうサリー令嬢からは、この間の夕食の席のときのような危うさを感じない。憑《つ》き物が取れたように落ち着いている。

「アメリア様……先日は、申し訳ございませんでした」

「……え？　あ、あの」

すっと頭を下げたサリー令嬢に度肝を抜かれたアメリアは、おろおろとしている。

密《ひそ》かにサリー令嬢がなにをするのか盗み見ていた周囲の令嬢たちも、まさか彼女が謝罪をするとは思わなかったのだろう。息を呑《の》んで見守っていた。

「メルウという魔族にも言われました……アメリア様に感謝するようにと。それがなくとも……あのとき、本当はとても恐ろしくて、アメリア様が助けてくれたことに安堵《あんど》しておりましたの。でも、わたくしは社交の場で、よくアメリア様を話題に、笑いの種にしていました」

「ええ、それは存じていましたけど……」

「だから、自分が情けなくなってしまいました。体よく繋《つな》がりを保って友人と思っていた方たちよりも、アメリア様が庇《かば》ってくれて……それでわたくし、恥ずかしくなって」

「そう、ですか……」

サリー令嬢があまりにも頼りなさげに手探り状態で話しているからだろうか。

腰が引けていたはずのアメリアは、しっかりと頷《うなず》き返して耳を傾けていた。

「このような場所で申し上げることではないのかもしれませんけれど、これまでの無礼を……どうかお許しください。そして本当に、ありがとうございました」

「……サリー様」

必死に言い募るサリー令嬢を前に返事を溜《た》めていたアメリアだったが、どこか吹っ切れたように笑ってみせた。

「わたくしはただ、体が勝手に動いただけですから、お礼は必要ありません。謝罪、受け取りました。わたくしが世間知らずの娘であることは否定しません。これまで危害を加えられたこともなかったので、ここで水に流しましょう?」

「……アメリア、さま」

——水に流しましょう。

水神の加護を賜るとされるオーパルディアの民にとって、これ以上の許しの言葉はない。なによりも彼女の性格をかねてから知る令嬢たちの前で頭を下げる行為こそが、サリー令嬢にとって最大の戒めだ。そう思ったアメリアは、それ以上の追及をしなかった。

「感謝いたします……アメリア様。セルイラ様も、申し訳ありませんでした」

アメリアと同じようにネタにしていたセルイラにもサリー令嬢は謝罪を述べる。

とはいえ年頃の女性特有の世間話には、清々《すがすが》しいほどにどこ吹く風であったセルイラは、そのことを全く気にしていなかった。

そしてサリー令嬢が去っていくと、アメリアはぽつりとつぶやいた。

「わたくし、そこまで謝意を述べられることをしたのでしょうか。考えなしに王子様を叩《たた》いてしまったのに」

「ある意味、予想外の方向に転がっているかもしれないからかなぁ……」

「へ? 今なんと?」

「ううん、なんでもない。それよりも、この前の夕食でのことは本当に不問になったようだし、これで安心ね」

「はい。ただわたくし、どんな顔をしてあの人の前に出れば良いのか……。お詫《わ》びを申し上げなければいけないとは思うのです。わたくしも暴力を振るってしまったのですから……うう、殿方を叩くなんて、あれが初めてで……」

　ぱっと顔を明るくさせたと思いきや、わかりやすく悩んだりと、アメリアはころころと百面相をする。そんなアメリアの姿に、セルイラは彼女がどれほど真っ直《す》ぐに育てられてきたのかが手に取るようにわかった。

（アルベルトは、なにかを感じたのかしら）

　華奢で少し幼さのある顔立ちをしているが、アルベルトの前に飛び出したときのアメリアは、熱く燃える灯火《ともしび》のように力強い毅然《きぜん》とした女性であった。

　その揺るぎない芯のある姿に、アルベルトは惹《ひ》かれたのかもしれない。

　アメリアにはそれだけの魅力が備わっているとセルイラは感じた。

（見ただけで心を奪われるという、一目惚《ひとめぼ》れって言葉があるのだから、可能性としてなくはない……のかな）

　ただ、当の本人は照れ隠しなのか顎をそびやかし誤魔化していたので真意は謎のままである。

「……あ！」

　不意に、アメリアが小さく声を出した。

　どうしたのかと聞く前に、アメリアはそっとセルイラの陰に半分身を隠してしまう。

（ああ……来たのね）

　ようやく主役のおでましだ。隣にはメルウ。そして数人の魔族の貴公子を連れてやってきたのは、主催のアルベルトだった。

　遠慮があったほかの令嬢たちに会話が生まれ始めたのは、アルベルトの背後にいる魔族の青年たちが揃いも揃って美丈夫であるからだろうか。

密かに弾んだ声音をこぼす令嬢たちに、魔族の青年たちはニコニコと穏やかな笑みを湛《たた》えて軽く片手を振っていた。

事前に聞いていた話によると、彼らはアルベルトの友人らしい。アルベルト一人では場の空気が詰まるということで、乗り気であった彼らが茶会に呼ばれたとのことだ。

(アルベルト、ちゃんと友達がいたんだなぁ)

セルイラがぼんやりと彼らを観察していれば、メルウが主役に代わって茶会の始まりを告げた。

遠目ではあるけれど、魔族の青年たちが人懐っこい様子で令嬢たちのそばに寄っているのが見える。

人間の言葉を話せる者も数人いるようで、思ったよりも事は穏やかに進んでいた。

(でも……あくまでアルベルトの花嫁候補なのに、これでいいのかしら)

そう疑問に思うもののアルベルトだけで十数人の令嬢たちを相手にするなど無理がある。

「え、あれ!? そんな……ドレスが」

「アメリア、どうしたの?」

狼狽《うろた》えた声にセルイラが尋ねると、アメリアはドレスの袖を押さえて小声で言ってきた。

「こちらに向かう途中で、どこかに袖を引っかけてしまったようで……」

「結構破れているわね……」

広がった作りの袖は、動きを見せるように軽い素材で作られていたため破れやすくなっていたようだ。このまま深く裂けてしまえば、二の腕を晒《さら》してしまうかもしれない。

『ニケ』

セルイラはすかさず小声でニケを呼び寄せると、アメリアのドレスを見てもらった。

『魔植物の仕業ですね。この辺りの植物は意思を持っている種類がいますので、イタズラをされたのだと思います。替えのドレスを用意しますから、一度お部屋にお戻りください』

「アメリア。ニケが新しいドレスを用意してくれるって」

「本当ですか？　手間を取らせてしまって申し訳ありません」

アメリアが謝意を伝えると、ニケは少しだけ口の端をあげた。ここ数日でニケの表情が明るくなってきたような気がしたが、セルイラたちと関わるようになったからだろうか。そうだったら嬉《うれ》しい。

王子が主催の茶会とはいえ、さすがに破れたドレスを替えに行った女性を咎《とが》めはしないだろう。

セルイラは建物の中へと戻っていくアメリアとニケを見送る。

その最中、ピタリとセルイラの目がある一点に留まった。

（……え、あれってアオ⁉）

茶会を開催している囲われた中庭の外の剪定《せんてい》された木々の隙間から、見覚えのある青色がセルイラの視界に入ったのである。

とはいえ一瞬だった。青色の毛並みの鳥は極めて珍しい種類だがあれがアオとは限らない。

もしアオだとしたら、部屋から出てしまったということだろうか。

（少しだけ、ちょっと奥に行くだけだから……！）

周りの目を確かめ、茶会の中心から遠のいた場所にいたセルイラに誰も意識が向いていないことを確認する。

そうしてセルイラはその場を離れ、木々の間をすり抜けると青い鳥のあとを追って走った。

木の隙間を抜けた先には、整備の行き届いた小さな中庭が広がっていた。

『…………ない』

アオの姿を探していたセルイラは、険悪そうな話し声が聞こえて咄嗟《とっさ》に近くの茂みに身を隠した。

『……あら…………るの？』

(あそこにいるのって……)

気づかれないように茂みから顔を出したセルイラは、見えてきた二つの影に目を見開いた。

(ノアールと……誰？)

一人は魔王ノアールで間違いない。だが、彼の目の前に立っているのは、見知らぬ女性である。

女性は体の線がくっきりとわかるシンプルなドレスを着用しており、顔は頭から覆われたベールに隠されているため見えなかった。顔の部位で唯一確認できるのは、彼女の唇に塗られた色濃い紅だけである。

(なにを話しているんだろう)

盗み聞きはよくないと思いながらも、セルイラは耳を澄ませてしまう。

楽しそうな雰囲気というにはほど遠く、ノアールに至ってはひどく不愉快そうに顔が歪《ゆが》められていた。

先日の夢に影響されてしまったのか、どうにも魔王ノアールが気がかりだ。

一日たりとも憎しみの感情を忘れたわけではないが、なぜあのように顔色が優れないのだろう。

(……え、あれ？　いない!?)

セルイラがちょっと目を離した隙に、小さな中庭からノアールの姿は消えていた。転移魔法を使ったようで、残されたのは謎の女性だけだった。

未《いま》だに女性はセルイラに気がついていないようで、ひとり中庭を軽く眺めていたかと思えば、いきなり口角を吊り上げた。

『……ふふ、ふふふ』

口元しか見えないからなのか、ベールで隠されたその顔を見ていると胸騒ぎがしてくる。

『てめぇ！　なんでここにいやがる‼』

「っ⁉」

荒々しい足音と共に現れたのは、セルイラとは少しずれた方向からやって来たアルベルトだった。

鼓膜を突き抜けるような怒号に、自分に向けられたものだとセルイラの体は大きく跳ね上がる。

けれどそうではないらしい。セルイラから二メートルほど離れた場所に現れたアルベルトは、隠れていたセルイラに気づくことなくベールの女性目がけて近づいていった。

『ここはお前みたいな女の来ていい場所じゃねぇんだよ！　さっさと消えろ！』

腹の奥から響かせたような凄《すさ》まじい怒鳴り声で、アルベルトはベールの女性を追い出そうとしている。下手をすれば掴みかかって殴りそうな剣幕だ。

一体どういう状況なのかわからないが、アルベルトが彼女に対して嫌悪感を持って接しているのは痛いほど伝わってきた。

『そんなに怒るなんてひどいわぁ、アルベルト。あたしが駄目なら、そこにいる子もどうにかしたらどうなの？』

『あぁ⁉　……っ、な、なんでお前が』

ベールの女性の指先は、真っ直ぐにセルイラのいる茂みへと向けられた。

額に青筋を浮かべたアルベルトは、いるはずがないと思っていたセルイラの姿を目にすると、虚を衝《つ》かれたように硬直してしまう。

もう隠れられないと観念したセルイラは、潔く立ち上がった。

『アルベルト、その子は人間よねぇ？　あぁ、例の花嫁候補の子ねぇ』

ねっとりとした語気がセルイラの耳に纏《まと》わりついてくる。すると、興味を示したのかベールの女性は、緩々とした動きでセルイラとの距離を縮め始めた。

(なに、この人)

こちらに迫ってくる相手に、セルイラは底知れない不快感が込み上げてくる。

初対面の相手に持つような感情ではないことに、セルイラは戸惑いを隠しきれないでいた。

『それ以上、こいつに近づくな』

セルイラの前に腕が伸びる。アルベルトがセルイラを庇うように前に出てくれたのだ。

アルベルトに睨《にら》まれたベールの女性は、軽く肩を竦《すく》めるとため息をこぼした。

『まあ、いいわぁ。そろそろ帰ろうと思っていたところだから、あなたのお望み通り消えてあげる。ふふふ』

そう言うと、ベールの女性はあっさりいなくなった。

彼女が歩いていった方向を、アルベルトは怒気を孕《はら》んだ眼差《まなざ》しで追っていたが、しばらくすると体の力みを解いて息を吐いた。

『なっんで、お前がここにいるんだ!!』

アルベルトの怒りは収まらず、残った憤りはセルイラにぶつけられた。

『アオの姿を見たような気がして……心配になって追いかけたらここに……』

『アオ？　……ああ、魔界に紛れ込んできた鳥のことか』

アルベルトはアオを知っているようだ。メルウから報告を受けたのだろうが、そのためだけに来たのかとアルベルトは苛立《いらだ》っている。

『今の女の人は……誰？』

『は？』

『さっき、魔王……様も、ここにいて、なにか話していたみたいだから』

それを聞いた途端に、アルベルトの顔色が一変する。

目にも留まらぬ速さで近くの木に体を押さえつけられたセルイラは、背中に痛みを覚えながらも見上げた。アルベルトの顔が、限りなく近い。

『お前には、関係ないことだ。なんなんだよ。どうしてそんなこと気にする？』

距離を詰められ問いただされる。

セルイラは地雷を踏んでしまったのだと、アルベルトの様子から悟った。

『ごめんなさい……ただ、気になっただけなの』

自分が前世の『セラ』であり、母親だったのだとアルベルトに打ち明ければ、このような問題はなくなるのだろうか。そう考えてみるが躊躇《ちゅうちょ》してしまう。

『お前は――』

アルベルトが言いかけたとき、セルイラの足先にコツンとなにかがぶつかった。

地面に目を落とすと、そこには花の球根が転がっている。

「これって！」

セルイラは背中を丸めてその場にしゃがみ込むと、目の前のアルベルトそっちのけで球根に手を伸ばす。しかし近い距離にアルベルトがいたため、彼の腹部にセルイラの前頭が思いっきりぶつかってしまった。

『ぐっ⁉　な、なんの真似《まね》だ、女……』

『ご、ごめんなさい。これが落ちていたから、つい』

腹を手で押さえたアルベルトは、恨めしそうな顔でセルイラを見た。

セルイラが謝罪しながら球根を見せると、アルベルトは文句ありありに眉を顰める。

『だから、それがどうかしたのかよ！』

『だってこれ、わたしのいた国でよく見かける花の球根よ。春の季節になるとたくさん咲いているけど。どうして魔界に――』

そこで、ようやくセルイラは、自分がいる場所をぐるりと見渡した。

茶会が開かれている場所とは比べ物にならない小さな中庭。それを眼前にして、セルイラははっとする。

（嘘《うそ》……まだ、あったの）

セルイラはたやすく目を奪われていた。どうして気がつかなかったのだろう。

ここは二百年前、自分が足繁く通っていた中庭だったというのに。

テーブルセットに花壇。そしてセラが使いやすいようにと、あとから設置された東屋《あずまや》と手押しポンプがついた井戸。

てっきりないものと思っていた懐かしい空間がセルイラを優しく出迎えていた。

風に撫《な》でられ聞こえてくる木の葉の音。鼻腔に伝わる花の甘い香り。まるでここだけゆったりと時間が流れているような錯覚にセルイラは陥った。

『おい、いきなり黙ってどうしたんだよ』

背後からアルベルトが尋ねてきた。セルイラは振り返って当たり障りなく答える。

『綺麗な花がたくさん咲いていると思って。驚いたの』

青い芝の上をゆっくりと進んだセルイラは、あの頃の自分が休憩がてらに腰をかけていた椅子の笠《かさ》木《ぎ》に触れそっと撫でた。

『……面白いものなんて、なに一つもねぇよ。こんな場所』

卑下するように吐き捨てたアルベルトは、ふいっとセルイラから顔をそらし、中庭を見ると意味深に目を細めた。

セルイラは知っている。ここが、幼少時のアルベルトにとっての遊び場だったことを。

とはいっても、前世のセルイラが魔界を離れるまでの間のことなので、その後はどうだったのかわからない。

この小さな中庭に勝手に侵入したことについて、もうアルベルトは怒っていないようだが、その面持ちはどこか寂しそうである。

捨てられた子犬に似た雰囲気のアルベルトに、セルイラは慰めるような声音で尋ねていた。

『ここは、あなたにとってどんな場所？』

『は？　そんなことを聞いてどうするんだ』

『ただ気になっただけ。言わなくてもべつに構わないわ』

『聞いといてなんだそれ、腹立つな』

相変わらずの口調であるが、言葉とは裏腹にアルベルトは気が緩んでいるのか肩の力が抜けていた。

公衆の面前で佇むアルベルトと、今のアルベルトはやはり違う。性格は変わらないけれどこちらのほうが何倍もマシである。

『もう誰も使ってないいんだよ、ここ。残していたって場所を取るだけで邪魔だ。意味なんかない』

『……そう』

ひどい言い草だと苦笑を浮かべるセルイラに、アルベルトは『ただ……』と言葉を濁した。

『誰も、ここを壊す気はないいんだ。いや、違うな。壊すことが、できない』

壊したくないと、言っているように聞こえた。

（……ああ、なんだろう。この感じ）

アルベルトの発言に目頭が熱くなったセルイラは、ぐっと堪《こら》えて下唇を噛《か》む。

アルベルトが気づかなかったのはなによりの救いだった。

『ここは、大切な場所なのね』

『うるせぇ』

アルベルトは、否定をしなかった。

そんな静かな沈黙の中、二人の間に一陣の風が吹き上がる。

弾《はじ》かれたようにに瞬《まばた》きをしたアルベルトは、自分の片腕を使って顔を半分隠してしまった。

『……てっ、な、なにを言わせるんだ、お前は！』

『えっ』

戻ってしまった乱暴な態度に彼を見ると、なぜか顔を真っ赤にさせていた。

『こ、こんなこと口が裂けても言う気なんて……。おい、俺が大人しくしてるからって調子に乗るなよ!?』

少しだけアルベルトのペースがわかってきた。あまり人前で素直になれず、本音を漏らせばこうして照れるがゆえに言葉が乱暴になる。

（ふふ、ここだけ見れば可愛《かわい》いのに。魔力縛りとか、横暴なことをしないのなら）

生暖かい笑みを噛み殺していれば、アルベルトはぶつぶつと独り言をこぼし始めた。

『……おかしい、おかしいぞ。なんなんだこの女。魔法でも使ってんのか。口が滑るぞ。くそっ、変な香りをさせているせいだっ!!』

本気で悩み始めてしまったアルベルトを見つめながら、セルイラはこの先のことを考えた。

（もし……わたしが母親《セラ》だと告げたら、あなたはどう思うのかな、アル）

逸《はや》る気持ちに任せて伝えたとして、魔界の状況をよくわかっていないうちでは時期尚早だ。

そう思うと、セルイラの開きかけていた唇が、萎むように閉じていく。

アルベルトに自分の前世を言える日は、一体いつになるのだろう。そもそも、アルベルトは前世の記憶を持ったセルイラが現れることを望んでいたのだろうか。

『おーい、アルベルト。副官殿がお呼びだ……と、んん？』

ガサガサと草木を分ける音が聞こえる。木々の間をくぐるようにして現れたのは、魔族の青年だった。肩より少し長い薄いオリーブ色の髪をシンプルな髪留めで結った青年は、上等な生地の衣服に身を包んでいて上品な雰囲気がある。この垂れた目尻には覚えがあった。

アルベルトが茶会会場に現れた際に、彼の隣でお気楽そうに笑っていたアルベルトの友人の一人である。

友人はアルベルトだけがいると思っていたようで、セルイラの姿を見つけると不思議そうに首裏を掻《か》くような仕草をした。

『まさかと思うが、ここに連れ込んで――』

『んなわけないだろうが！』

『はは、そうだな。しなだれかかる女の子たちは片っ端から相手にしていたけど、アルベルトは無理やり手篭《てご》めにするような屑《くず》じゃないよなぁ』

なんてことを言うんだこの男。あまり聞きたくなかった類いの話題を展開され、セルイラは隣にいたアルベルトを無意識のうちにじっとり見つめる。

『ぐっ、おいユージーン！　ベラベラとこの女の前で話すな！』

魔界語が理解できるセルイラの前でユージーンに自分の閨《ねや》事情の片鱗《へんりん》を暴露され、アルベルトのほうもセルイラと同じく無意識に慌てていた。

『なにを恥ずかしがっているんだよ、らしくもない。まあ、俺はもう少し女の子の扱いを学んだほうが今後のためになると思うんだがねー。この前の子だって一晩過ごしたきり――』

『あああああ！』

『うわっ、どうしたんだ？』

凄まじい勢いでアルベルトはユージーンに体当たりを仕掛ける。

自分でもわからないが、アルベルトはこれ以上の話をセルイラに聞かせるわけにはいかないという強い思いに駆られていた。体が勝手にセルイラの顔色を窺《うかが》うように必死になっていたのだ。

『本当にどうしたんだよ。取り乱すことないだろ、この子には聞き取れてないんだ』

『……』

「……」

肩を竦めたユージーンは、妙な空気を漂わせ無言になっていたセルイラとアルベルトを見て呆気《あっけ》にとられた。

聞きたくもなかった息子の裏話に、セルイラはただ耐え忍んでいる。

『なんだい、その気の合った間は』

そしてユージーンは改めてセルイラの顔を確かめた。

『……っ、と』

気まずそうに揺れ動くセルイラの蒼《あお》色の瞳をしかと見据えたユージーンは、稀《まれ》に見るその美貌に息をつくタイミングを間違えていた。

女性には優しく接せよ、蝶《ちょう》よ花よと愛《め》でよ。そして相手が自分の好みの真ん中ならなおのこと。それがユージーンの普段からの心得だった。

「はじめまして、お嬢さん。俺はユージーン。このアルベルトとは友達なんだ」

驚くことにユージーンの口から出てきたのは、人間の言葉だ。

目をしばたたかせるセルイラに、彼はくすっと甘い微笑を浮かべていた。

「俺を産んだ母親が人間だったんだ。だから、少しだけなら人間の言葉も話せる」

『あの、魔界語でも大丈夫ですよ』

『……あれ？』

ユージーンは浅い笑顔のままピタリと顔の筋肉の動きを止める。

まさか人間であるセルイラの口から魔界語が発せられるとは思ってもみなかったのだ。

『ああー、はは。なるほどね。参ったなぁ』

先ほどの会話も筒抜けであったことが判明し、ユージーンはさらに垂れた目尻をすぼめ、興味津々にセルイラの顔を覗《のぞ》き込んだ。

『魔界語が話せる人間の女の子なんて初めて会ったよ。さっきは下衆《げす》な話を聞かせてごめんね』

『いいえ、先に言わなかったのはわたしですから。こちらこそ失礼をいたしました、ユージーン様』

『ところで、あなたの名を伺っても構わないかい？』

『ええ……わたしは、セルイラ・アルスターと申します』

怯《ひる》んだ様子もなく距離を詰めてくるユージーンに、セルイラは久しぶりのよそ行き笑顔を作るのだった。


メルウがアルベルトを探しているということをユージーンから知らされ、ひとまずセルイラたちは茶会の会場へと戻ることにした。

「セルイラ！　どこにもいなかったので心配しました」

ドレスを着替えて帰ってきたアメリアとニケは、姿の見えないセルイラを探していたようだ。

「でも、よかったです。これから余興で演奏がおこなわれるようなので、近くの椅子に……！」

セルイラが無事であったことに胸を撫で下ろしたアメリアは、後ろに立っていたアルベルトに気がつくと肩を跳ね上げた。

『お前は……』

自分を見て腰が引けた様子のアメリアに、アルベルトは開きかけた口をむすりと塞いでしまう。かける言葉を必死に探しているようだが、とうとう見つけられずに終わってしまったようだ。

『おや、この空気は。とても妙だね。それにしても、またまた可憐《かれん》な子だ。セルイラちゃんのお友達？』

『はい。同室のアメリアです』

蚊帳の外になっていたユージーンは楽しそうに笑っていたが、その体を蔦《つた》のようにするりと忍ばせアメリアに近づいた。

「はじめまして、アメリアちゃん。俺はユージーン。アルベルトとは昔からの腐れ縁なんだ」

「へ？　え!?　言葉が……」

「そうそう、セルイラちゃんにも言ったんだけど、俺の生みの母が人間だったんだ。だからそれなりに話せるんだ。ちなみに今日いるほかの連中も人間の言葉を理解しているよ。片言ではあるけど話せるし」

「そ、そうでしたか。改めましてアメリア・ゼフ・ディテールと申します。ご丁寧にありがとうございます。ユージーン様」

好意的なユージーンに少しの警戒はあるものの、アメリアは恐怖の類いを感じていないようだった。

怖くはないが、慣れた様子で近い距離を保とうとするユージーンに、男性に慣れていないアメリアは気圧《けお》されている。

「うーん、セルイラちゃんとは違った初々しさがあるねぇ。どうぞよろしく、アメリアちゃん」

ユージーンにとっては挨拶の一環なのだろう。彼がアメリアの手を取り、嫋《たお》やかにその白い甲へ口づけをしようとする——が、

『ユージーン』

それを制したのは、アルベルトだった。

目にも留まらぬ速さでユージーンの手首を叩き落とし、ふんと鼻を鳴らす。

『わざわざこの女まで誑《たら》し込む必要ないだろ。女なんてほかに山ほど寄ってくるんだ』

その発言にユージーンは目を丸くしてまじまじとアルベルトを凝視した。

(これは……どっち？　アメリアを気にしてのこと？　それでもやっぱり女性を軽視するこの言い方はいただけないわ)

どうしたものかと、セルイラはやれやれといったふうに首を振る。

「あ、あの、今のは？」

会話の内容はわかっていないが、ユージーンの行動を止めてくれたアルベルトの顔をアメリアは驚いた様子で見つめていた。

勇気を出してアルベルトに言葉をかけようとするアメリアだが、そこへメルウがやって来た。

『そうですよ、ユージーン。仮にもアルベルト様の花嫁候補として招いた娘に手を出していいと思っているのですか。交流は許可しても過剰な接触は禁止ですよ。まったく、あなたは一度女性にこっぴどく振られたらいい』

『いやあ、副官殿。ひどい言い草だな』

セルイラたちの前に現れたメルウは、各々の顔を確認するなり小さく息を吐く。

『もうほかの方々は席に着いていらっしゃいますよ。あちらのテーブルで構いませんので、お早くご着席を』

メルウの言葉通り周囲を確認すると、すでにセルイラたち以外の令嬢と、魔族側の青年たちは好きな椅子に腰を下ろしていた。

この短時間でなにがあったのか知らないが、茶会の場にいた令嬢たちは、誰も魔族の青年たちを怖がっていない。アルベルトのときとは大違いであった。

待機している奏者たちを待たせるのも悪いので、セルイラたちは言われた通り近くのテーブルの椅子に座る。

奏者たちがいる演壇からはかなり距離があるため、ここからではほんのりと音が聞こえる程度だろう。

しばらくすると、弦楽器の美しい音色が聞こえてきた。

「流れでこのテーブルになったけど、俺的には嬉しいな。もっと話してみたかったから」

セルイラから見て左側にはアメリア、右側にはアルベルト、正面にはユージーンが座っている。

そしてアルベルトの背後にはメルウが待機し、ニケは一人一人に紅茶を用意し始めた。

「それにしても、アルベルトが人間の女の子を魔界に召喚したって聞いたときは驚いたな。今までそんな素振り見せなかったのに、やっぱり気になったんだ。自分の母親と同じ、人間が」

「え……人間？　アルベルト様の、お母様がですか？」

何気ない調子で話すユージーンだったが、彼の発言にアメリアは訊き返していた。

ユージーンもそうだが、アルベルトの母親が人間であったことが意外だと感じたらしい。

「古株の魔族の中には、母親が人間だっていう者も多いよ。二百年くらい前は、まだ魔王様が人間の世界に干渉していた頃だったらしいから」

「魔王様……あの、夕食の間でお姿を拝見しました」

「夕食の間？　へえ、アルベルト、意外と積極的に交流しているのか。それなら人間の言葉も覚えればいいのになぁ。今だって話の中身がわからなくて偉そうにふんぞり返っているだけだし」

『おい、人間の言葉でなにを言っているのか理解できないが。ユージーン、お前が俺の癇《かん》に障ることをベラベラ話しているのはわかるぞ』

じろりと強い眼光をユージーンに浴びせるアルベルトは、少々苛立っているものの無闇やたらと暴れたりはしないようだ。

友人というだけあって陽気でどこか憎めないユージーンの性格を熟知しているためか、発言のすべてに噛みついても無駄だと思っているように見えた。

「……なんだか不思議です。本当に人間と魔族は、関わっていた時代があるのですね」

「そうだねえ。なんせ二百年も前だから、生きるときが短い人間からしてみれば実感も湧かないだろうね。だから、セルイラちゃんにはびっくりしたよ」

「え？」

深く触れにくい話題で聞く側に徹底していたセルイラは、唐突に話を振られて素っ頓狂な声をあげる。

ユージーンは変わらずにこにこと笑みを浮かべているが、反対にセルイラは顔を強《こわ》ばらせた。

「魔界語。人間がそんな滑らかに話せるなんて、すごいね」

「……よく、城の書庫に通い詰めていたので。おそらくわたしはお茶会の出席より、書庫に費やすときのほうが多かったでしょうね」

もちろんセルイラでも断れない誘いは受けていたが、それでも本を読み耽《ふけ》る時間に比べれば浅いものである。

セルイラは曖昧に微笑《ほほえ》む。アルベルトの背後にいるメルウからの視線が痛い。

『失礼いたします』

そこへニケが赤茶色の紅茶が注がれたティーカップをセルイラの前に置いた。

これ幸いとセルイラは視線を下降させ、カップの持ち手をつまむと、ほっそりと優美な動作で喉を潤した。

「あの、なにか顔についていましたか？」

「いや、そんなことないよ。とても綺麗だなと思って」

「……それは、お褒めいただき光栄に存じます」

ユージーンの社交辞令にセルイラは無難な返答をした。

（この人、すごく見てくる……穴があきそうだわ）

異性に顔を見つめられることに、セルイラは慣れていないわけではない。

下心丸出しにしている男性の邪《よこしま》な目なら、夜会で嫌というほど経験していた。けれどユージーンから感じるのは、もっと純粋な好奇心に似た感情である。それに合わせて口説き文句を堂々と言うものだからセルイラは扱いづらいと思ってしまった。

『で、アルベルトはさっきからなぜ黙《だんま》りなんだい。それに、変に落ち着きがない』

茶会の主役が大人しいことに違和感を持ったユージーンは、陽気さを滲《にじ》ませながら言った。

『は？　いつも通りに決まってるだろ』

『いやいや、どこがだよ。もしかして両手に花で緊張しているとか？　はは、冗談だよ、冗談……』

『ははは！　なにを言うかと思えば。くだらなすぎて笑いが出る。どうしてこの俺が緊張なん……て……げほ！』

大袈裟《おおげさ》な高笑いをかましたアルベルトは、その最中で正面に座ったアメリアと目が合ってしまい、飲みかけの紅茶を軽く吹き出した。

(極端すぎるわ……アルベルト)

やはりアルベルトは、アメリアを意識している。頬を叩かれたことが彼の琴線にどう触れたのか知らないが、わかりやすすぎる。

憐《あわ》れになりながらセルイラは自分のハンカチを取り出すと、未だにむせ返ったアルベルトに差し出した。

『……？　なんだよ、これ』

『なにって、拭くもの。これで事足りるわ』

『い、いらない』

自尊心が邪魔をして受け取ろうとしないアルベルトは、セルイラのハンカチを突き返した。

『恥ずかしがるなら、まずその飛び散ったお茶の雫《しずく》を拭いたらどうなの、ほら』

『うるせー！　押しつけんじゃゃねぇ！』

『なんだい君ら、随分と仲がいいじゃないか』

瞠目《どうもく》したユージーンは、ハンカチを押しつけ合うセルイラとアルベルトを交互に見据えた。

『仲良くなんかねぇ！　ユージーン、黙れ！』

『……！　ちょっと、魔力縛りを使うのはひどいわ』

思わず出てしまったのか、アルベルトに魔力縛りを放たれたセルイラは体がビクとも動かなくなってしまった。手加減をしているのか、口を開けるぐらいの余裕はある。

『こらこら、アルベルト。生身の人間に魔力縛りを使うなんて拷問だ。魔族と違って魔力を自由に扱えないんだから。いつもお前が相手にしてた我の強い女の子たちとは違うんだぞ』

『……わかってるっての！　だからしっかり抑えてるだろ！　この間、父さんにもこっぴどく言われたんだ』

ぶるりと震えた体を無意識に抱きしめるアルベルトは、完全に親に叱られた子どもの顔をしている。

この間というのは、騒ぎになった夕食のあと、ということだろうか。

アルベルトの魔力縛りを魔王も咎《とが》めたと聞いて、セルイラは驚いていた。

『はぁ……ったく。アルベルトに寄ってくる女の子って、自分に自信がある子ばかりだったな。力もそれなりに強いから、アルベルトの魔力縛りもうまく躱《かわ》してたんだろうなぁ』

ユージーンの知るアルベルトの女性関係は褒められたものではない。

聞けば聞くほど頭が痛くなるものばかり。その横暴な態度さえ王子たる威厳だと酔いしれ喜ぶような魔族の女性も少なくなかったのだとか。

魔力縛りをされ苦しむどころか喜悦するなど、セルイラの理解の範疇《はんちゅう》を超えていた。

『絶対に人間の女の子に手加減なしでするなよ？　というか、そもそも魔力縛りをそう簡単に使ったりしたら駄目だぞ？』

『黙れ。お前は俺の親か』

『友人を心配してはいけないかい？』

偽りのない真っ直ぐな言葉に、アルベルトはぐっと息を呑み込んだ。

『…………。もう、やらない。お前みたいな口煩《くちうるさ》い野郎の小言は聞くに堪えない』

反省しているのか疑わしいところだが、アルベルトなりに考えを改めたようだった。

『そうそう、口煩い男の話には耳を傾けるもんだ——て、え？　もう、やらない？　そういえばさっき魔王様にこっぴどく言われたって』

ぎょっとしたユージーンは、どういうことかと控えていたメルウに目を向ける。

『……少々、ハメを外しすぎましてね。花嫁候補のご令嬢の一人を床に倒伏させてしまいまして』

『——この、ばか！』

『いってぇ！　なにしやがる女たらし！』

目の前の光景にセルイラとアメリアは開いた口が塞がらない。

それは席を立ったユージーンが、瞬く間にアルベルトの頭上へ鉄拳を食らわせたからである。

『魔王様はどうせ言葉だけで終了だからな。甘いのか放任主義なのか知らないけど、こういうのは身をもって味わってみないと学べないんだよ』

両手をパタパタと払いながらユージーンは当たり前のように言った。

これは問題にならないのかと彼らの顔を窺うが、この二人にとっては友人間の出来事で済まされてしまうのだろう、特に大事になる様子はない。

「あ、あの。これはどういうことなのでしょうか……」

ただユージーンがアルベルトを拳骨しただけの場面を見せられ、アメリアはわけがわからず狼狽《ろうばい》した。

「この前のサリー様のことを、ユージーン様が今知ったようで……説教しているみたい」

「説教、ですか？」

「うん。わたしたち人間が魔力縛りにかかると、最悪の場合はサリー様のようになるらしいのだけれど。……アルベルト……さま……は、魔族の女性相手にしか使ったことがなかったから、手加減を知らなかったみたいで」

「魔族の女性になら使っても大丈夫ということですか？」

「……まあ、その、うーんと、色々あるらしいわ。女性でも魔族は魔法を使えるだけの力があるから、サリー様のようにあそこまで苦しまないみたいだけれど……」

所々濁しつつセルイラは説明をした。だからといってアルベルトのことをセルイラは擁護できない。彼が苦しんでいたサリー令嬢を弄ぶようにしていたのは確かなのだから。

（まあ、魔王とユージーン様に咎められて少しは懲りたようだけれど。アルベルトは今まで一体どんな子を相手にしていたのよ……いや、知らなくていいわ）

もうなにも考えるまいと、セルイラが肩を竦めたときだった。

「あの……申し訳ございませんでした」

突然、席を立ったアメリアは、その場で深々とお辞儀をしたのである。

茶会の場にいるほかの者たちは、演奏に夢中になっているのかアメリアの行動には気がついていないようだった。

『……なんだ、急に』

ユージーンに握りこぶしを落とされ渋い顔をしていたアルベルトの眉間に皺《しわ》が刻まれる。

深々と頭を下げたことにより、言葉は通じなくてもアメリアの意図がアルベルトには伝わっていた。

「アメリアちゃん、どうして謝っているんだい？」

ユージーンは首を傾《かし》げているが、そのほかはなにに対しての謝罪なのか察しているようである。

「夕食の間であなたを叩いてしまったこと。いかなる理由があったとしても、手をあげることなど本来は許されません。不問とは聞かされていましたが、この場を借りてお詫びをさせてください」

謝るならば今しかないとアメリアは思ったのだろう。初めからアルベルトのことを気にしていたようだし、その機会を窺っていたのかもしれない。

『――と、いうことですが。アルベルト様、いかがなさいますか』

通訳に回っていたメルウがそう尋ねた。

表情の読めないアルベルトは、覚悟を決めたように力強く目を開くアメリアをじっと見返している。

アメリアの手を見ると、密かに震えているのがわかった。

真剣な謝罪というのは、誰に対してであっても恐れをなしてしまうものじゃないかとセルイラは思っている。精神力だって必要だ。ましてや相手が一筋縄ではいかないような人物なら。

（アメリアって、本当に強い子なんだわ……）

セルイラは二人の会話の行く末を静かに見守った。ここは口を挟むまいとユージーンも視線だけを動かして成り行きを見ている。

『……不問だって言っているのに、わざわざ頭を下げるなんて物好きな奴だな』

ぶっきらぼうな言葉。それとは似つかわしくない表情をアルベルトは無意識のうちに浮かべていた。不器用な、それでいてどこか困っているような、ぎこちない笑顔。

周囲に圧を与える笑いではなく、心の底から込み上げたように綻《ほころ》んだ顔をしている。

『もう、忘れた。だからお前も忘れろって言え、メルウ』

『かしこまりました。サリー嬢《あちら》にはすでに謝意を伝えておりましたし、こちらも丸く収まっていいのではないでしょうか』

『ふん、それはお前が勝手にやったことだろ』

猫のようにシャーッと威嚇をするアルベルトの姿に、セルイラと対面するユージーンは小さく吹き出した。

「相変わらず、素直じゃないな」

ユージーンはわざわざ人間の言葉でつぶやいた。どういうことなのかとセルイラが小首を傾げれば、彼は言った。

「こんなふうに面と向かった誠意に慣れていないんだ、アルベルトは。だから戸惑ってるんだと思うよ。可愛いやつめ」

「慣れていない、ですか」

「副官殿はお目付け役でもあるし、ある意味では親代わりと言ってもいい。けれどそこには主従としての繋がりがある。それは切っても切れない関係だ」

そこで一息つくようにユージーンは紅茶をこくりと飲む。

カップに口をつけたまま、伏し目がちにアメリアに視線を向けた。

「……話を聞いた限り、アルベルトが馬鹿をやってアメリアちゃんが怒ったってところでしょ。そうやって叱られること自体、アルベルトにはあまりない経験だから。こう、なんかキタんじゃないかなっ、こう、心の辺りに！」

「そうですか……」

両手を胸に当て、まるで乙女のようなふざけた仕草をするユージーンに、鈍い反応をセルイラは返した。

アメリアが聞いているというのに、なんともお気楽なことだが、アメリア本人はあまり意味を理解していなかったようで、こわごわとアルベルトを見つめていた。

「……。セルイラちゃん。君はアルベルトのことになると、身を乗り出す勢いで耳を傾けるね」

「っ！　いえ、そんなこと」

ユージーンにじっくりと観察され、セルイラは居心地が悪くなり、少し冷めてしまった紅茶のカップを手に取った。

『ユージーン。さっきからなにを言ってるんだ』

また余計なことを言っているのかと、アルベルトに睨まれたユージーンは、大袈裟に肩を竦めると首を振った。

『いいや、なにも。今日は珍しいものが見られたなと』

『おい、なんの話だ』

『いやー、きっかけってどこに転がっているのかわからないものだな。そうだ、アルベルト。あとで舟遊びにアメリアちゃんを誘ってみたらどうだ？』

『なんでだよ』

『なんでって……つまらない奴だな。せっかく蟠《わだかま》りもなくなったようなんだ。この際楽しく交流したって問題ないじゃないか。アルベルトの花嫁候補の一人なんだし。なんら不思議じゃないだろ』

ゆったりと楽しげな笑みを浮かべたユージーンも、気づいたのだろう。

アルベルトがアメリアを気にし始めているということを。それがどんな感情であれ、アルベルトにとっての転機なのだろうと。


無事に茶会という名の交流が終わり、部屋に戻るとアオがセルイラたちを出迎えた。

「チチチッ」

「あれ、アオ！　やっぱり、あれは見間違いだったのかしら」

だが、外のバルコニーへと続く窓は開いていた。それはちょうどアオの体が通り抜けられるほどの隙間である。

『おかしいですね。確認したはずなのですが』

そう言いながらニケはバルコニーに鍵をかけた。

もし、中庭で見かけた鳥がアオだったとして、こうして部屋に戻ってこられるのなら自由にさせてあげたほうが良いのかもしれない。

いつまでも室内に閉じ込めてしまうのは、セルイラとしても心苦しかった。

(それにしても、今日は疲れた。ユージーン様も癖の強い人だったし)

茶会の疲れがあとからどっと込み上げてきて、セルイラはベッドに倒れ込みそうになるが、そこを耐えて明日以降の予定を述べるニケに耳を傾けた。

『五日後、東宮殿の舞踏場で夜会がおこなわれます。その際の衣装はすべて城内でご用意しておりますので、明日は細かな寸法の確認をいたします』

夜会はいわば花嫁候補の令嬢たちのお披露目である。アルベルトの気まぐれで始まったことだとしても、王子の花嫁になる可能性がある人間の娘たちを気にしている者はたくさんいた。

そのため見物目的で王子主催の舞踏会に参加する魔族はあとを絶たない。そうでなくてもアルベルトは日頃夜会を開く頻度が高いため、今回もいつもの参加者が訪れるのではとニケは予想していた。

(つまり、見世物みたいなものね)

あまり気分の良い話ではないが、花嫁候補として召喚されたからには従わなければならない。

当日、何事もないことを水神に祈るだけだが、セルイラに用意された手段であった。

『ニケ、少し聞いても構わない?』

今後の予定を話し終えたニケが部屋を出ようとしたところで、セルイラが追いかけ声をかけた。

『なんでしょうか』

『こう……頭にベールを被《かぶ》った方を見かけたのだけれど、どなたなのか知っている？』

アルベルトは話してくれそうもなかったが、ここ数日で打ち解け始めたニケならば、なにか答えてくれるのではと考える。

あくまでさりげない口ぶりで尋ねたセルイラだったが、ニケから返ってきたのは予想外の反応だった。

『あの女を、どこで見たのです!!』

ニケに肩を掴まれたセルイラは、身動きが取れず固まってしまった。

窓際でアオと戯れていたアメリアも、初めて見るニケの形相に面食らっている。

『ニケ、落ち着いて……っ』

ニケの手の圧力が肌に食い込み、セルイラから細々とした声が漏れる。

その声に正気を取り戻したニケは、セルイラからふらふらと離れて謝罪した。

『申し訳、ございません。どこか、お怪我《けが》は……』

口ごもって狼狽えるニケは、眉根をきゅっと狭めて堪えるような面持ちをする。

アルベルトも聞けたものじゃなかったが、ニケからも負けず劣らず聞いてはいけない気配が漂っていたのだ。

『わたしは、大丈夫だから。変なことを聞いてごめんなさい』

ベールの女性とは、小さな中庭で偶然会ったのだと告げると、ニケは短く「わかりました」と告げて、早々に部屋から出ていってしまったのだった。

「ニケさん、どうしたのでしょうか？　あんなに声を荒らげるなんて」

アメリアは心配そうにニケが出ていった扉を見つめていたが、セルイラはなにも答えられなかった。

その日の食事は、久しぶりに夕食の間で摂《と》ることになり、ニケが呼びに来る頃には彼女は普段通りの様子に戻っていた。

茶会効果なのかアルベルトを囲んだ会食でも、初日のような粗相をする花嫁候補の令嬢はおらず、粛々と時間は過ぎていった。アルベルトも口数が少なく考え事をしていたようなので、花嫁候補の誰とも会話はなく食事は終了したのである。

――そして、就寝時刻となった。茶会での気疲れもあってか、アメリアの寝台からは早くも規則正しい寝息がしている。

あと数分もすれば、セルイラもぐっすりと深い眠りに入ることができるだろう。

うとうとしながら瞼《まぶた》を下ろしかける、けれど。

「……あ！」

あることを思い出し、寝台から跳ねるように飛び起きたセルイラの声が響いた。

起こしてしまったかとアメリアのほうを確認するが、先ほどと同様の静かな息づかいが聞こえるだけだった。

(良かった、起こさなくて)

体重を足先にうまく乗せ、音を立てないようにセルイラが向かったのは、自分の数少ない私物が置かれた化粧台である。

薄暗闇の中でセルイラは視線を張り巡らせるが、目当てのものはなかった。

(……ない。そうよね、今日はここに置いた覚えがないもの)

必死になってセルイラが探していたのは、妹のチェルシーから貰《もら》ったお守りである。

それは魔界へ召喚される日、セルイラのためにと神殿に入る前の別れ際に彼女が渡してくれた大切なものだった。

面積の小さな布に水神の象徴とされている模様を縫い込まれたお守りを、セルイラはいつも枕元に置いて寝ていた。だというのに、今晩はすっかり頭から抜けていたのである。

(失《な》くさないように、ハンカチに包んで……そうだ、ハンカチ!)

急いでセルイラは昼間に持ち歩いていたハンカチを取り出した。綺麗に折り畳まれたハンカチを広げてみるが、どこにもお守りはない。

(そうだ……茶会のときアルベルトに貸そうとして、でも結局は突き返されて……)

もしかして、そのとき地面に落ちてしまったのだろうか。

部屋の中には見当たらない。移動範囲で考えたら城の廊下も該当するが、ハンカチを取り出したのは中庭だけである。知らず知らずのうちに落ちたのなら中庭が一番可能性としては高かった。

(お守りを渡してくれたときのチェルシー、目の下に隈があった。わたしを案じて徹夜で作ってくれていたのに)

明日の朝、ニケに頼んで探しに行かせてもらうこともできるだろう。探し物をするならば太陽が昇ってからのほうが見つけやすい。

(……でも)

お守りのことを考えると、落ち着かなかった。

(場所は遠くないし、確認するぐらいなら)

居ても立ってもいられず、セルイラは薄い羽織りを肩に掛けた。

この時間帯ならば外を出歩いている城の使用人はまずいないだろう。

兵士も棟に繋がる入り口前には待機しているが、中庭にまではいなかったと記憶している。

それに茶会が催された中庭は、花嫁候補たちが許された行動の範囲内にあった。もし誰かに見つかったとしても部屋に返されるだけの話だ。

（灯《あか》りは……このランプで大丈夫そうね）

そうして寝台の横に置かれた淡い灯火を片手に、セルイラは中庭へと向かった。


空には青白く輝く丸い月がある。

けれど、まだ完全な満月ではない。もしこれが満月ならば見える大きさも、輝きも弱すぎる。

魔界の満月は息を呑む美しさがあった。また月から満ちる魔力の影響で星が流れやすく、満月の日は通常の何倍も夜空が煌《きら》びやかになるのだ。

「あった！　はあ、よかった……」

セルイラが着いた席の場所を思い出しながら芝生の上を進んでいくと、失くしていたお守りが草と草の間に隠れるようにして落ちていた。テーブルセットは撤去されていたが、おそらく片づけた者が見落としていたのだろう。

——ガタッ！

ほっと胸を撫で下ろしたセルイラだったが、夜の静寂を破る物音に、すぐさま身を固くした。

（……なに？）

音が聞こえた方向にセルイラはゆっくりと体を向ける。

茶会のときに足を踏み入れた、セルイラの大切にしていた小さな中庭。その方向から、音は聞こえていた。

無事に見つけ出したお守りを両手にきつく握り締め、セルイラは歩みを進めた。

ごくりと乾いた喉を唾で潤し、小さな中庭が窺える木の陰からセルイラはこっそりと確かめる。

「……っ」

出かかった自分の声を、ギリギリのところで寸止めした。

体が石と化してしまったのか動かない。

セルイラの蒼い瞳が、これでもかと開かれる。

——そこには、魔王ノアールがいた。

大きな物音の正体は、彼がよろけて椅子を蹴飛ばしてしまったからなのだろう。

丸テーブルに片手をついて体を支えようとしている姿に、セルイラはそう瞬時に理解した。

青白い月光を浴びているからだろうか。茶会で見かけたときよりも、ノアールの横顔は驚くほど弱っているように感じる。

(……そんな顔、知らないわ)

なぜだか、セルイラは苦しくて仕方がなかった。

一体彼の瞳には、今なにが映っているのだろう。ここでなにをしていたというのだろう。

ガタンッ。と、またもや大きな音が響く。

ノアールの近くにあった椅子が横転し、セルイラの目の先でその体が大きく傾いた。

「……あ、ぶないっ」

きっと彼ならば受け身なんて造作もないことだ。それなのにセルイラは、理性とは切り離された融通の利かない想《おも》いに突き動かされノアールの元へと駆け寄っていた。

『……』

気配を察知したノアールは、顔を歪めてセルイラのほうを向く。

驚愕《きょうがく》した拍子に唇が開かれるが、ノアールはそれをすぐに片方の手で押さえつけた。

こちらと話す意思がない、ということなのだろうか。

そこでセルイラは、ノアールが夕食の間に現れたときのことを頭に思い浮かべた。

（……あのときは、たしかこの人は口を開こうとして……急に苦しそうにしていたような）

そして今も、ノアールはセルイラを前にして無理やり口を覆っている。

けれど、茶会で聞いた話によれば、アルベルトやメルウとは夕食後に問題なく会話をしていたはずだ。

つまり、そこからたどり着く答えは――。

（人間《わたし》と、話せない？）

だから夕食の間でもセルイラが近づいたとき、ノアールはあのような反応をしていたのだろうか。

そんな限定されて話せないことなどあるのか。馬鹿げた想像だと一蹴しそうになるけれど、それなら先ほどのノアールの唇を押さえた仕草はなんだろう。

魔王である彼ならば、わざわざおかしなことをしなくても、人間と関わりたくないのなら転移魔法で消え去れるというのに。

疲弊した様子のノアールは、人間であるセルイラが現れたにも拘《かかわ》らずその場を離れようとはしなかった。

(……もしかして、動けないの?)

セルイラは思い至ったように、あっと声を漏らした。

原因は不明である。だが、夜闇の中にいる今のノアールには、魔法で場所を移動する体力がないのかもしれない。

『……』

乱れた髪の隙間からノアールはセルイラを見据えている。

魔族を束ねる尊き王が、この瞬間だけは迷い猫のように頼りなく見えた。

(ひどい汗ね。なにをしたらこんなに疲れるの)

ぽたりと、ノアールの額から滲み出ていた脂汗が地面に落ちて弾ける。

ただ生まれた感情に動かされるように、セルイラは井戸へと向かった。

置いてあった桶《おけ》に引きあげた水を溜めて、部屋から持ってきていたハンカチをこれでもかと浸して全体的に濡《ぬ》らす。

セルイラの行動が理解できていないのか、ノアールは息を荒くさせながら注視していた。

「……」

くるりとセルイラが振り返ると、同時にノアールの肩がビクリと反応する。

一歩、一歩と足を動かし、テーブルの端に体の半分を預けるようにしたノアールへと近寄った。

自分に近づこうとする人間の存在を拒もうと体を力ませるノアールだったが、それは叶《かな》わずにセルイラに見下ろされる形となった。

「……」

お互い沈黙を貫いたまま、セルイラは濡らしたハンカチをノアールに差し出した。

決して口を開かないセルイラに、妙な違和感を覚え始めたノアールは、ゆるりと頭を斜めに動かした。

『……。……、……?』

自分にハンカチを渡しているというのに、その行為にさえ、彼は意味を理解していない。

そうだ。ノアールという人は、相手の好意が自分に向けられていることにも気がつかない、鈍い人だった。

心配をしていても、されていることに気づかない。自分が心配されているという少しの考えさえ浮かばない。馬鹿がつくほどの鈍感。

(あぁ、もう)

こんなときに都合よく労《いた》わろうとしてしまう自分が憎らしい。けれど放置はできない。

複雑な矛盾が殺到し、もつれ合ってはセルイラの中で火花を散らした。

きっと目の前で苦しんでいる人がノアールではない、見ず知らずの人でも自分は駆け寄っただろう。

ノアールだけが、特別なのではない。

誰に言うでもなく、セルイラは心中でそう何度も言い聞かせていた。

「……」

そしてセルイラは、濡れたハンカチをノアールの額に優しく押し当てた。

体の自由が利かない様子のノアールは、手を振り払えず突然の冷たい感触に身を強ばらせる。

けれど汗を拭われれば、ふっと険しい顔が少しだけ和らいだ気がした。

（だめ、手が……）

かたかたと震えを抑えることができず、セルイラは奥歯をぐっと噛み締めた。

振動が伝わってはいないだろうか。

胸を炙《あぶ》られるような焦燥感の中、セルイラがノアールの白い額から少しだけ下に目を向けた、その瞬間。

「……っ」

――美しい、紫色。セルイラとノアールの視線が、ぴったりと嵌《はま》ったパズルのように、隙間なく絡み合う。星影のような煌々《こうこう》とした眼に吸い込まれそうになった。

鼓動が強く打っては、全身の血の巡りが逆流したような感覚にセルイラは手を引っ込める。力が抜け、芝生の上にハンカチを落としてしまった。

『……』

ノアールはそんなセルイラの動作を見逃すことなく捉えている。セルイラには、今のノアールがなにを思っているのか読み取ることができない。

緊張の糸がほどけるように、瞼を伏せたノアールの瞳がうっすらと影を被った。

『魔王様、お呼びでしょう……か……？』

小さな中庭に、セルイラでもノアールでもない、第三者の声がした。

（メルウ、さん？）

転移の魔法を行使し、一瞬にしてその場に姿を現したメルウは、目の前の状況に仰天している。

『……』

無言のままノアールがメルウに目配せをした。

『……かしこまりました。直ちに』

そこに会話は一切ないはずだが、仰々しくノアールに頭を下げると、メルウは短く応えた。

『失礼いたします、魔王様』

メルウの声と共に、セルイラの景色は音もなく一変した。

「え……？」

こぼれ落ちた吐息混じりの声は、セルイラとアメリアの部屋である空間に溶けるように消えていった。どうやら転移魔法で強制的に部屋へ戻されたらしい。

「あなたは一体、なにをしているのです？」

同じく転移の魔法で移動してきたメルウが、冷えた表情を浮かべながら言った。

「お守りを、探していたんです。茶会のときに落としてしまったみたいだから」

セルイラは手に持ったお守りをメルウに見せるように掲げた。

しかし、理由を知っても彼の顔色は苦いままである。

「昼間、あなたは一人で勝手にあの場所に入ったそうですね。聞くところによれば鳥を追いかけていたそうですが。そこであなたは誰に会いました？」

「魔王……様と、ベールを被った、女性に」

尋問に近い緊張感の中、セルイラは聞かれた通りのことに答える。

メルウは悩ましげに嘆息を漏らした。

「花嫁候補のあなたが、立ち入って良い場所ではありません。金輪際、身勝手な行動を控えていただきたい」

身勝手といわれ、多少なりともセルイラの良心が痛んだ。

メルウにしてみれば、セルイラはちょこまかと動く不審な存在なのだろう。

「それでも……」

「それでも、なんです？」

言いかけて、セルイラは中途半端に呑み込んだ。

二百年ぶりに魔界にやって来たセルイラは、当初の目的であった魔王ノアールを前にして一撃を与えることができなかった。

それは、セルイラや他者に与えた過去の痛みすら忘れ、自分だけ悠々と愉快に暮らしていると思っていた魔王が、セルイラには誰よりも苦しそうに見えてならなかったからだ。

絶好の好機を逃したものの、魔王ノアールと二百年ぶりの再会を果たしたセルイラは、あのとき思ったことがある。それはたった今、自分がメルウに言いかけたことに限りなく近い。

「……セルイラ・アルスター」

そのとき、セルイラはメルウから一つの質問を投げかけられた。

「あなたは、一体なにが目的なのです」

「目的？」

ぱちんと、頭の奥でなにかが弾けたような音がした。

悶々《もんもん》としていたはずの思考が一気に鮮明になるような、胸がすいていく感覚に、セルイラは一つの答えを導き出した。

「――わたし、知りたかったのね」

声に出したセルイラの顔には、今までにない会心の笑みが浮かんでいた。

こんなにも呆気ないことを、セルイラは何年も認めることができないでいたのだ。もしかするとそれは、二百年前は気づかなかった魔王ノアールの変化を、この目で見てしまったからなのかもしれない。負の感情ばかりで狭まっていた視界が、だんだんと開けていったのだ。

本当は知りたいと願っていた。ずっと、どうして自分は魔王に捨てられたのか。どうして生きる希望を奪われなければならなかったのか。

もう傷つくのはごめんだと思っていながら未練を捨てきれなかったのは、そういうことなのだ。その理由が今以上にセルイラの心をどん底に突き落とすものだったとしても――。

（だってわたしたち、言葉を交わしてすらいなかったじゃない）

セルイラは、今度こそ彼の口から知りたいと思った。

「魔族に対して人間のあなたがなにをそこまで必死になるのか理解に苦しみますが……好奇心は、ときに身を滅ぼすことをお忘れなく」

セルイラの事情を知らないため、メルウは彼女の「知りたかった」という言葉を別の意味で解釈したようである。さすがにメルウに自分の正体を暴露するかは決めかねていたので、ありがたい勘違いだった。

セルイラの吹っ切れた微笑にメルウは思うところがあったようだが、結局は警戒の目を緩めることはなかった。

「ともかく、ご自分の立場をよく考えお過ごしください。私も好きで罪に問いたいわけではないのですから」

メルウはそう釘《くぎ》を刺すと、転移魔法で早々に消えてしまった。

残されたセルイラは、この違和感の正体はなんなのだろうかと頭を抱えて思い悩む。

――彼は本当に、前世の故郷を火の海にし、命を奪って滅ぼした魔族の一人なのだろうか、と。

【第四章】

『お支度、完了しました』

『ありがとう、ニケ』

『恐れ入ります。……それでは舞踏場の様子を見て参りますので、お二人はこちらで少々お待ちください』

あっという間に夜会の日を迎えたセルイラは、ニケに着つけられた自分を姿見で眺めていた。

(ニケって本当に器用なのね。こんな髪結いまでできるなんて)

セルイラが着用するのは、膝から裾に大きく波打った広がりのあるマーメイドラインのドレスだった。気品を感じさせる淡いパープルは、足元にかけて徐々に色が変わっていき、全体的に見れば美しいグラデーションとなっている。

また細やかな花の刺繍《ししゅう》も可憐《かれん》さを演出しているが、今宵のセルイラは総じて絶美であった。

「わあ……すごいです。セルイラ、とても綺麗《きれい》……」

「チュンッ」

支度中は衝立《ついたて》で隠れていたセルイラを目にしたアメリアは、その出来栄えにうっとりした。その様子に気恥ずかしくなったセルイラは、アメリアと同じように頬を染める。

セルイラの周囲を飛んでいるアオも、まるで絶賛するように鳴き声をあげていた。

「そ、そうかな。アメリアだって人のこと言えないじゃない」

アメリアのドレスは薄い黄色と、桃のようなピンクを差し色に使用した、腰から裾にかけてこれでもかとボリュームを持たせたプリンセスラインのドレスだった。

生地の至るところに花飾りを取りつけ、まるで一着のドレスが華やかな花畑を彷彿《ほうふつ》とさせるデザインとなっている。

今までの社交界では、軽い挨拶以外の接点がなかったセルイラとアメリアは、お互い着飾った姿を見せ合うのが新鮮でそわそわとしてしまう。

「えっと、ニケさんの腕もすごいですよね！　このお花が編み込まれた髪型も、鏡越しで観察していましたが手元が見えませんでした」

「そうね、本当に驚いたわ。組み合わせも合っていて素敵だし、多才なんだわ」

友達同士、お互い面と向かって称賛され続けるのに慣れていないセルイラとアメリアは、本日の功労者であるニケを褒めちぎり始めた。

『……お二人とも、なにを言っているんですか』

舞踏場から戻ってきたニケは、気まずそうに扉の隙間から顔だけを覗《のぞ》かせて言った。

言葉の端々で名前があがるため、自分のことが話題にされていると察したのだろう。

『あのね、あなたがどれだけすごいかアメリアと語っていたのよ』

『……やめてください。私は当然のことをしたまでですから。二人して目を輝かせてこちらを見ないでください』

おずおずと視線を下に向けたニケは、戸惑っているのか体を縮こませている。その様子が可愛《かわい》らしくて、セルイラとアメリアは顔を見合わせた。

「いつも冷静な装いですけど。ニケさんってすごく可愛らしい方なのですね」

「ふふ、本当ね」

幼い頃の面影が、こんなところにも隠れていた。ベールの女性の話をしてからというもの、どこか身構えていたニケだったが、今のところは様子も普通である。

そして、セルイラのほうも芳しい情報は得られていない。

メルウからはさらに注意を払われ、ニケも指示があったのか口は固く、加えてこの四日間は夜会の準備で自由に過ごす暇もなく――なかなかうまくいかないでいた。

「チチッ」

「うん、アオ?」

頭上でアオが呼びかけるように鳴く。

セルイラが両手を差し出せば、アオはその上に器用に乗った。

「チチチ」

「アオ?」

語りかけてくるアオの鳴き声に、セルイラは奇妙に思う。ぴょんぴょんと体を跳ねさせ、なにかを伝えようとしているようにも見えた。

『お二人とも、そろそろ会場へご案内しなければいけないお時間ですが』

『……あっ、うん。わかったわ。アオはここで待っていてね』

アオの様子は気がかりだったが、遅れるわけにもいかない。

セルイラはバルコニー付近に置かれたお手製の寝床にアオをそっと下ろした。

（餌も用意したし、外で遊べるように窓も少し開けたから大丈夫だと思うけど）

アオはもう鳴き声をあげなかったが、代わりにセルイラの姿を、彼女が部屋の外に出るまでずっと見つめていた。


舞踏場に到着したセルイラは、周囲の眼差《まなざ》しを一斉に浴びることとなった。

会場には花嫁候補の令嬢のほかに、魔族の参加者が多くいる。

中でも着飾った魔族の女性からの研ぎ澄まされた眼光は、セルイラたちを品定めしてやるという強い思いがありありと伝わってきた。

二階には歓談スペースもあるようで、慣れた様子の魔族たちは、そこから令嬢たちを物見遊山の如《ごと》く見下ろしている。

メイドのニケは決められた場所で待機しなければいけないようで、セルイラはアメリアと一緒に気を引き締め、顎を引いて歩を進めた。

（視線が痛い）

セルイラとアメリアの姿に、魔族たちの目はこぞって釘《くぎ》づけになっていた。

特にセルイラの麗しさは、面白半分で参加した魔族たちの意表を突いたようで、首筋辺りに感じる艶《なまめ》かしい視線には鳥肌が立ってしまう。

ひとまずアメリアと並んで壁際に立っていると、会場前方の扉からアルベルトとメルウが姿を見せた。

『――皆の者、今宵は満月だ。魔界において最も尊ぶべき月夜にこうして集えたことを光栄に思う』

主催であるアルベルトが慣れた様子で挨拶を述べる。その隙にセルイラが周囲の反応を確認すると、魔族の若い女性たちはアルベルトの姿を目に焼きつけて熱い吐息を漏らしていた。

（アルベルトって、こんなに狙われているのね。でも、そうか……仮にも一国の王子だもの）

素直な感想を抱いていれば、セルイラにふっと影が落ちる。セルイラが顔を上げると、夜会衣装で決め込んだユージーンが立っていた。

「セルイラちゃん、アメリアちゃん、こんばんは。二人とも今日は一段と綺麗だね。目を奪われたよ」

「ユージーン様。これはニケさんの力が大きいですけれど、お褒めの言葉を頂けて光栄です」

「謙遜するアメリアちゃんも可愛らしいなぁ。俺は本心しか言わないから、素直に受け取っておくれ」

続いて、セルイラがユージーンに軽く挨拶をした。

「こんばんは、ユージーン様。ユージーン様の装いも素敵ですね」

「本当？　嬉《うれ》しいな。君にそう言ってもらえるなんて」

完璧に作り込まれた優男の笑顔が、真正面から直射日光のように降り注ぐ。

ユージーンの存在に気づいた魔族の女性からは、ひそひそと話し声が漏れていた。

『あそこにいらっしゃるの、ユージーン様だわ。アルベルト様ともお親しいようだし、このままいけば副官補佐として任命されるってお父様が言っていたわ』

『まあ！　それってつまりは次期副官候補の筆頭者ってことじゃない！　それなのに、どうして人間なんかと話しているのよ』

『本当よね。いくら無類の女好きだからって、わざわざ人間の女を相手にするなんて――』

嫉妬混じりの視線に、セルイラは話し声がするほうへ目を向けた。

馬鹿にしたような卑屈な笑いを滲《にじ》ませていた魔族の少女二人は、セルイラの顔を見るやいなや気圧《けお》されたように滑らせていた口をぴたりと閉じる。

少女たちは持っていた煌《きら》びやかな扇で口元を隠すと、すごすごとその場を離れていった。

「わあ、すごいね。顔を向けただけで追っ払うなんて。彼女たちも、君たちの姿には文句のつけようがなかったのかな。そもそも候補の女の子はみんな可愛いからねぇ」

魔族の少女たちの会話が聞こえていたユージーンは、今の一場面を目にしてそんな感想を述べる。

「……追っ払う？　よくわかりませんが、セルイラは社交界の華と謳《うた》われていたのですよ。ふふふ、納得です」

魔族の少女たちの言葉を聞き取れないアメリアは、ユージーンの発言に不思議そうな顔をするが、セルイラのことになると国で囁《ささや》かれていた話を持ち出した。

「社交界の華？　それはすごい」

「……どうも、ありがとうございます」

自分のその手の話題はどうにも苦手で、セルイラは避けるように視線を泳がせる。

「……。おっと、アルベルトの入りの挨拶、終わったみたいだ」

セルイラのぎこちない様子に、ユージーンは早々と話を切り上げると、アルベルトが立つ段差のほうを向いた。釣られてセルイラも見ると、メルウが花嫁候補の令嬢たちに向けてアルベルトの挨拶を代弁している最中だった。

（あ、前奏が流れた）

そこまで時間もかからず挨拶は終わり、いよいよ夜会の初めを彩るダンスの一曲目がおこなわれようとしていた。

夜会の一曲目。それはつまり、主催であるアルベルトと、パートナーとが手を取り踊ることを意味していた。

しかし、アルベルトには毎回決まったパートナーはいない。この夜会は男女が一組になって参加することを義務づけられているわけではなかった。

もちろん男女で訪れる魔族はいるだろうが、友人間の女性同士であったり、男性同士であったりと、アルベルトの開く夜会には制限がないのだという。

（アルベルト、誰と踊るんだろう）

アルベルトの夜会では、王子である彼が目をつけた女性をファーストダンスに誘うという流れが恒例となっている。そのため先ほどから魔族の令嬢たちはそわそわと身なりを整え始めていた。

反対に花嫁候補である令嬢たちは選ばれたくないのか、各々床の大理石に視線を落として時間が過ぎるのを待っている状態だった。

「アルベルト、来ると思う？」

興味本位でアルベルトの向かう先を見守っていたセルイラに、ユージーンはこっそりと楽しげに耳打ちをした。そういえば、彼もなんとなく勘づいていた節があったことを思い出す。

この夜会の場でアルベルトが気にかけている女性はおそらく一人だけ。アメリアである。

主催の意図としては、花嫁候補である令嬢たちとの交流も踏まえた夜会なのだから、アルベルトの選ぶ先が人間であってもなんら不思議ではない。

そこに問題があるとするならば、それは――アルベルト自身である。

（あのアルベルトが素直に、アメリアを誘うのかしら）

茶会の一件以来、アメリアが抱いているアルベルトの印象は決して悪いものではなくなった。とはいえ好感を持っているのかと聞かれれば、それだけの関係を二人は築いていない。ようやくゼロに戻ったくらいの、まっさらな状態なのである。

（二人揃《そろ》ったらお似合いだと思うんだけどな。色的にも）

光の束を集めたようなアメリアの金の髪は、アルベルトの輝く黄金のような黄朽葉色の瞳とお揃いのように違和感がない。アメリアの深藍色《ふかきあいいろ》の丸みを帯びた眼も、アルベルトが着ている渋みのある青漆色と調和がとれていた。つまりは、隣に並んでいても狙ったように自然なのだ。

「ユージーン様は、どう思いますか」

「俺？　俺は、そうだなぁ。個人的には男を見せて欲しいところだけど、難しそうかな」

「わたしも、同感です」

「はは、気が合うね」

残念なことに、アルベルトが恥を忍んでアメリアに手を差し伸べる場面がこれっぽっちも想像つかない。ここは無難に魔族の女性の中から相手を選ぶのだろうと、セルイラが肩をすぼめたときだ。

（……アルベルト、こっちを見ていない？　はっ！　アメリアのことを見ている⁉）

遠目で見間違いかとも考えたが、人の波を掻《か》き分けて堂々とこちらに近づいてくるアルベルトの姿を見てしまってはなにも言えない。

いい意味で予想を裏切ってきたアルベルトに、セルイラは目をしばたたかせた。

「……え、あれ？　アルベルト様、こちらにいらっしゃっていませんか？」

アメリアも気がついたようだ。周囲から見ればセルイラとアメリア、それにユージーンが一纏《ひとまと》めに映っているのだろう。まだ選ばれるのがセルイラなのか、アメリアなのか、周りは手に汗を握りながら窺《うかが》っている。

（わ、わぁ。まさか、こんなに堂々とアメリアを誘いに来るなんて。アルベルトってば、やるときはやるのね……）

劇の一幕を観客として観ているような心地に、ドキドキとセルイラは胸を高鳴らせた。

こつ、こつと、アルベルトの足音が舞踏場にこだまする。

ついにセルイラたちのすぐ目の前に、アルベルトがやって来た。

『……』

唇をきつく結んだアルベルトは距離を縮める最後の一歩を踏み出し、その手をアメリアの前に差し伸べた——と思った、次の瞬間。

アルベルトの腕の位置が、一つ横に素早く移動した。

「——え？」

セルイラは、突然に差し出された手を穴があくほど凝視した。

アメリアの前に出されると思っていたアルベルトの片手が、なぜか自分の前で止まっている。

（……なぜ？）

舞踏場にいる魔族たちの「おおっ！」という興奮した野次の声すらうまく聞こえず、セルイラはアルベルトの顔を怪訝《けげん》に見る。

『……はやく、手を出せ』

ぷるぷると不自然に動いた頬、おかしな汗、どこか後ろめたさを孕《はら》んだ表情にセルイラは納得した。

アメリアを相手に誘う気持ちは確かに、アルベルトの中にあったのだろう。セルイラたちの元へ向かってくるアルベルトには、そんな意気込みがふつふつと湧いて出ていたのだ。

しかし、アメリアを目の前にした途端、怖気《おじけ》づいたアルベルトはちょうど隣に立っていたセルイラに的を変更した。そんなところである。

(ア、アルベルト――‼)

心の中でセルイラは、絹を裂くような声で叫んだ。

相手がセルイラと決まった瞬間、夜会の始まりを告げる一曲目に相応《ふさわ》しい優雅な音楽が、舞踏場に心地よく流れ出した。

セルイラがこれまで体験した社交界の堅苦しい作法はないものの、魔界の夜会には、一曲目を踊る際のちょっとした決まり事があった。

というのも、夜会の参加者と楽しい時間を過ごせるようにという意思を伝える目的として、一曲目のファーストダンスは通常の二倍の長さで踊らなければならないのである。

決して短くはない時間の中を、セルイラはアルベルトと手を取り合ってリズムを刻まねばならない。

相手をただの息子として、そう思って踊るならどんなに満たされることだろう。けれど、それだけではない。今のセルイラは、どう足掻《あが》いてもアルベルトの花嫁候補の一人なのである。

(よりにもよって、わたしが踊るなんて！)

セルイラは差し出された手に自分の手を置いた。よほどのことがない限り、王子の誘いを断ることは許されない。

中央のダンスフロアに近づいてアルベルトと向き合えば、気まずそうな顔をされた。

(選んでおいてなにその顔は、失礼ね。もう曲だって流れているのに構えすらしない。一度失敗したからってへこたれないでよ。しっかりして、この意気地なし……!!)

偶然を装って、セルイラは腑《ふ》抜《ぬ》けたアルベルトのつま先を踏んづける。

『……いってぇ!?』

『あ、ごめんなさい。床だと思って。どうりで柔らかい床のはずね』

こんな観衆が見ている場で気になる相手をうまく誘えなかったことには、セルイラも同情の余地があると思っていた。

だが、こちらに非はないというのに、こうも不服そうな顔を隠そうともしないのには、足の先くらい踏みたくもなる。

『この一節が終わったら入りだけど、構えは?』

足を踏まれたことにより正気に戻ったアルベルトは、素早く動作を切り替えてセルイラの腰に手を添えた。

即席のホールドを崩すことなく、セルイラはアルベルトの巧みなリードに最初のステップを踏む。

(意外と踊りやすい)

初めてとは思えないほど、セルイラはアルベルトの腕に支えられ息をするように体を動かしていた。

『リードがとてもお上手ですね、さすがは王子様です。安心して身を任せられます』

遅れることなくリズムに乗れ、余裕が生まれたセルイラは、にっこりと笑った。

ついオーパルディアの社交界の癖で、ダンスの最中の相手を持ち上げる発言をしたセルイラに、アルベルトは苦々しい表情を浮かべる。

『やめろよ、それ。気味が悪いな』

『え？』

『お前がそんな言葉を使うなんて変だ。地下牢《ろう》で話したときも、初めから馴《な》れ馴れしかったくせに』

『それは』

『なんだよ？』

ぐるりと方向転換され、アルベルトに踊らされるようにセルイラの体は勝手に動いた。

(アルベルトはアルベルトだもの。自分の子どもだってわかっていたから、咄嗟《とっさ》の敬語が出せなくて)

とは言えず、セルイラは黙り込んでしまった。

『あー……なんだ。だから、敬語はいらないってことだ。いまさらお前から聞かされても耳に馴染《なじ》まないんだよ』

見かねたアルベルトがそうつけ足した。

セルイラが顔を上げると、そこには間近に迫ったアルベルトの顔がある。お互い異性として意識をしておらず、どんなに近かろうが羞恥が生まれることはなかった。

それどころか、少しだけ無愛想にさせたアルベルトに、セルイラはくすっと笑ってしまう。

『あなたは王子様なのに、本当にいいの？　無礼者って言って魔力縛りしてこない？』

『っとに、しつこいな！　だいたいあれは、俺にだってわけが――』

『わけ？』

気になる言葉にすかさず聞き返したが、アルベルトは目をそらして口ごもった。

『あれは……その、そうだ。虫の居所が悪かったんだよ』

『そうなの、わかったわ』

『適当に相槌《あいづち》を入れやがって！　なにがわかっただ、この女！』

言い合いを繰り広げているにも拘《かかわ》らず、セルイラとアルベルトの息はぴったりと合っている。

いつしか、そんな二人の様子を見守る魔族の中には、肯定的な意見をあげる者が出始めていた。

『ふむ、人間の娘だと見くびっていたが、アルベルト様を前にしても肝が据わっているではないか。それに、あの風貌……なんとも美しい』

『会話をしているように見えましたが、アルベルト様が人間の言葉を話しておられるのでしょうかね？　人間では魔界語の習得は極めて困難でしょうし』

『どちらにせよ、意思疎通できるのなら話が早い。あれだけ器量良しなのだ、このままアルベルト様に見初められたとて――』

『な、なにを言う！　人間を伴侶にするなどもってのほかだ！』

『ほう、それは何故《なにゆえ》……と、ああ、貴殿には娘がいらしたな。なるほど、魔王の家系に名を記せる機会がなくなっては不都合ということか』

『ぐ、ぐぅっ、そ、それは』

あちこちから賛否両論の意見が飛び交い始める。望まないままその渦中に立たされていくセルイラは、大きすぎる魔族たちの会話が聞こえて耳を塞ぎたい思いであった。

(や、やめて、事を荒立てるようなこと言わないで！　誰がアルベルトの花嫁になんて、絶対に無理――無理に決まってる！)

焦りを滲ませるものの、セルイラのステップはどこまでも嫋《たお》やかだ。ドレスの裾を翻し、袖と腰に繋《つな》がるように縫いつけられたリボンはひらひらと蝶《ちょう》が舞うように軽やかで、会場中を魅了していた。

（わたしが聞こえているぐらいなんだから、アルベルトだって聞いているはず。まさかと思うけど
——）

アルベルトが乗り気だということは、天と地がひっくり返ってもない。

思った矢先、セルイラの腰が力強く引き寄せられ、今までになくアルベルトと密着した。

「……!?」

セルイラは何事かと再びアルベルトを見上げる。

それを目撃する周りの魔族たちからは、ざわりと驚きの声が伝染していった。

（どうしていきなり、抱き寄せたりなんか）

冷や汗が背筋に伝うのを感じながら、セルイラは目と鼻の先にいるアルベルトを凝視《みつ》めた。

『おい……なんなんだ、今のは』

血の気が引いたアルベルトの顔にぎょっとする。この反応は、喜びや浮かれからくるものではない。

『お前を、伴侶にだと……？　おいおい、冗談はあの丸すぎる腹だけにしろ。寒気がする』

アルベルトがセルイラと抱擁まがいに密着をしたのは、魔族の会話を耳にして拒否反応を起こした結果、いらない力が働いたからであった。

『ええ、本当に。冗談じゃないわ』

『こんな物事をずけずけと言ってくる女を伴侶になんてしてみろ。尻に敷かれて休む暇もない。地獄に決まってるだろ。選ぶ男の顔が見たい』

『……ちょっと？』

聞き捨てならない発言に、セルイラはじろりとアルベルトに睨《にら》みをきかせる。

端整な顔の女に睨まれたところで、普通はそこまで恐怖は感じない。それなのにアルベルトは子どものように、びくりと体を震わせた。

『な、なんだよ。お前だって、俺が夫になるのは冗談じゃないって』

『そうね。言ったわ。そもそも、絶対にあり得ないことだもの』

『……？　それは、どういう』

『それにあなたの好みは、奥ゆかしくて可憐な、暖かな陽だまりのように癒《いや》される笑顔の女の子でしょうから。そうね、例えば……わたしの友達の、アメリアとか』

『――っ、オマエ！』

一拍遅れて、アルベルトの顔は沸騰するような赤に染まった。

(え、もうそこまで意識するほどなの？)

恋は盲目というのか、知らず知らずのうちに気持ちとは膨れ上がってしまうものなのだろうか。

ぱくぱくと口を開け閉めするアルベルトに微妙な思いを抱えながら、リズムが乱れてしまった相手の代わりに、セルイラはさりげなくリードをする。

こうしてアルベルトの精神が完璧に持ち直すことなく、二曲目のダンスも無事に終了する。

セルイラがほっと息をつき、アルベルトと重ねていた手を離したときだった。

『まあ、せっかく素敵なダンスだったのに、もう終わりなのねぇ』

その場に現れた女性の姿に、会場中は言葉を失って彼女を凝視した。

『……ユダ様だ』

魔族の誰かから、名前があがる。

ベールで顔を隠した女性――ユダが腕を組んで連れている人物の姿に、会場にはさらに緊張の空気が流れ込んできた。

『ま、魔王様まで。魔王様とユダ様が、アルベルト殿下の夜会にお越しになった』

セルイラが横目で見ると、ダンス時とは雰囲気をがらりと変えたアルベルトがそこにいた。

内側に秘めている殺意が溢《あふ》れ出すように、吊《つ》り上げた両の目はユダに向いていたのである。

(頭が、痛い)

――ユダ。その名に、セルイラは聞き覚えがあった。けれど、誰であったのかが思い出せない。

優雅な足取りで魔王と歩いてくる彼女がユダなのだろうが、それだけではない気がした。

それどころか無理に思い出そうとすると、まるで反動のようにチリッとこめかみに鈍痛が走る。

二つの足音が、すぐそばで鳴った。

セルイラの目先にノアールとユダがいる。アルベルトは二人の視界から遮るようにセルイラを背にすると、乱暴に投げかけた。

『おい、ここになんの用だ』

歓迎していない言い草のアルベルトに、濃く彩られたユダの唇がゆったりと笑う。

『うふふ、楽しそうなことをしていると思ってねぇ？　お呼ばれしなくて寂しいから自分から来たのよ』

妖艶な笑みを纏わせたユダは、隣にいるノアールの腕をくんっと引いた。

『ほら、パートナーもいるでしょう？』

『……ああ？』

アルベルトは喉奥を低く鳴らした。

後ろ姿だけでも、彼が静かに憤慨しているのがわかる。それも、爆発寸前だろう。

『ど、どういうことだ？　ユダ様は東宮殿にはお越しにならないと聞いていたが』

『それはアルベルト様が拒否しているだけだろう。ユダ様はあの調子でおられるし』

『ユダ様は魔王様の伴侶なのだろう。アルベルト様が魔王様と険悪なのも、ユダ様の存在が大きいようだが……いやはや困った』

参加者たちの会話が、いやに聞き取りやすい。聞けば聞くだけセルイラの頭は真っ白になっていく。

ユダは、魔王の伴侶として西宮殿に住み着いている女性だった。

伴侶といっても公的な妃《きさき》というわけではないようだが、権限は魔王と同等だという。そうだと言われる所以《ゆえん》は、魔王がユダの行動を一切咎《とが》めようとする素振りを見せないからだ。

（……ユダ）

体の力が抜けそうになるのを堪《こら》え、セルイラは魔王の伴侶と呼ばれる彼女を盗み見た。

アルベルトを壁に、彼の肩口からユダを覗いていたのだが、ちょうど目が合ってしまう。

『そのドレス、素敵よ。この間も思ったけれど、あなたとても綺麗な顔をしているのねぇ』

ユダの発言に、会場の視線はセルイラに集中した。

アルベルトはセルイラを庇おうと動くが、それよりも早くユダはある提案をする。

『そうだわぁ。ねえ、あなたも一曲踊ったらどうなの？　あなたがエスコートしているところ、あたし見たいわぁ』

『……』

ユダにせがまれたノアールは、無を体現したような顔で佇《たたず》んでいるだけである。

これのどこが惚れ込んでいるのかと思えば、ノアールは悩ましげに眉を顰《ひそ》めて口を開いた。

『……一曲で、満足するのだな』

『ええ。一曲で、十分よ』

ユダは満足そうにすると、口付きを弓のように形作った。

魔王は、ユダの頼みを断らない。それは事実なのだと、公務以外ではなかなか姿を見せない彼の返答に、魔族たちは密《ひそ》かに納得した。

『相手は、あの子でいいから』

目が合ったセルイラを魔王の相手に指名したユダは、くるりと踵《きびす》を返してダンスフロアを一歩出る。

一拍遅れてノアールは、セルイラを後ろに隠しているアルベルトの前までやって来た。

『アルベルト、良いな』

『……ふざ、けんな。なんなんだよ、そのザマは』

無言のままアルベルトの肩を押しのけたノアールは、その先にいたセルイラを見下ろす。

『――手を』

そうセルイラに言ったノアールは、一瞬だけ痛みに歪《ゆが》んだ顔をしていた。

彼のその手を、セルイラは取るしかなかった。

あまりの異様さに、素知らぬ顔をして拒める空気ではなかったのだ。

完全に巻き込まれた形で、セルイラはノアールとダンスを踊ることになってしまった。

（……なにが、起こってるんだろう）

体を預けたノアールに視線を向け、セルイラは思考を巡らせる。

体に添えられた腕が、重なり合った手のひらが、触れているすべてのところが焼けつくように熱を孕んで、熱い。

静かなる曲調の音色と二人分の足音が、会場に広がっては消えていく。

ユダの一声でダンスを承諾したノアールは、軽やかな身のこなしでフロアに円を描くようリードしていた。奇妙な空気に参加者たちも困惑していたが、魔王が前に出るとなったら全員が真剣に彼の動作を見逃すことなく目で追っていた。

（あなたは、なにを抱えているの）

じわじわと内側を侵食する行き場のない感情に、セルイラはまたもや振り回されていく。

憎かった、恨めしかった――けれどその姿に、拒むことのできない憂慮が押し寄せてくる。

アルベルトやメルウ、ニケが、ユダのことになると人が変わったようになっていた理由が、セルイラにはようやくわかった気がした。

彼女のことをよく知らないはずなのに、セルイラの胸中が穏やかではなくなった。それはノアールとユダの関係を知ったからではなかった。もっと最初から、あの小さな中庭で対面したときから、セルイラには言いようのない懸念があったのである。

（わたしは、なにを知らないの）

心の中で問いかけても、彼は答えてはくれない。

演奏が中盤に差しかかると、セルイラは周囲の眼差しの変化を察知した。みんなして、二人のダンスを呆然《ぼうぜん》として目にしていたのである。

それは、セルイラとノアールの息がおかしなほど合っていたからだ。アルベルトのときも様になっていたが、それ以上に二人が踊る姿は自然だった。まるで示し合わせたように、互いの動きを察して身を委ねる様子は、驚きを遥《はる》かに上回り魅了されていた。

『……』

ノアールも違和感を覚えたのだろうか。自分のリードにこうも意識せずに応えているセルイラを、瞳を揺らして確かめていた。

(皮肉なものね……あなたのリードが一番踊りやすいなんて)

これまで誘いを受けた誰よりも、しっくりときてしまう。

前世では、このように大きな会場で踊ったことなどなかった。けれど誰もいないひっそりとしたテラスで、月夜の晩にノアールと踊ったことならある。言葉こそなかったが、社交ダンスとは無縁に生きていたためひどい有様だった前世のセルイラに、ノアールは嫌な顔一つせず教えてくれたのだ。

(わたし……どうしてそのことを、思い出しすらしなかったんだろう)

本当は、悲しい記憶と同じくらい、満たされていた記憶があったはずなのに。

ノアールを憎むあまりに、それらの記憶はすべて鍵をかけて封じ込めてしまったのだろうか。

ふと、今まで合わなかったセルイラの視線が、ノアールの視線と重なった。

間近に迫った彼の顔に、息をするのも忘れそうになる。

(ノアール)

声には出せないけれど呼びかける。

ノアールの瞳は、耐え忍ぶような表情をするセルイラの姿をしかと映していた。

――そして、演奏のすべてが終わり、

『愉快な宴を、どうもありがとう。お呼びではないようだから、邪魔者はそろそろ消えるとするわぁ。行きましょう、ノアール』

ユダは満足げに唇を笑わせると、ノアールと共に会場を出ていったのだった。


ダンス後、呆然としたままセルイラは、アメリアとユージーンのところに戻った。

二人になにか声をかけられた気がしたが、夢から覚めないようにセルイラの意識はぼんやりとしていたため、なにを言われたのか覚えていない。

気遣った様子のユージーンは、二人に飲み物を持ってくるといって飲料が置かれたテーブルへと向かった。彼の気配がなくなったことで、ようやくセルイラははっと顔を上げる。

「セルイラ、大丈夫ですか？」

アメリアが心配してこちらを覗き込んでくる。

いつまでもこんな調子でいるわけにはいかないと、セルイラは安心させるように笑みを浮かべた。

「もう、大丈夫。少し頭が追いついていなかっただけだから」

「そうですよね。まさか、魔王陛下とダンスをすることになるなんて……」

近くにいたユージーンのおかげで、なぜセルイラが魔王と踊ることになったのかを、アメリアは把握しているようだった。

『――いい気なものね。人間の分際で、アルベルト様どころか魔王様にまで色目を使うだなんて』

そんな嫉妬に満ちた声が聞こえたと思った、そのときである。

セルイラに向き直ったアメリアの背後の景色に、キラリと光る無数の物体が映り込んだ。

(今の光は……？)

悪い予感がした。起こり得る未来の予測は不確かなものだったが、セルイラはアメリアの肩を急いで押しのける。

「……っ」

ピリッとした痛みがセルイラの首筋に走った。間髪を入れずに、たくさんの情報量がセルイラの視覚や、嗅覚を刺激する。

飛んできたのは、葡萄《ぶどう》酒が注がれていたグラスだった。

まるでセルイラを標的にしたように、風に乗って飛んできた無数のそれらは、セルイラのドレスを濡《ぬ》らした。

美しい色合いであったパープルのドレスは、飛び散った液体によって大きなしみを残していく。

(うわ、すごい臭い……)

周囲に立ち込める酒の独特な香りに酔いそうになる。

中身が空っぽになったグラスは、その場でするりと力が抜けるように落下し、音を立てて次々と割れていった。

「セ、セルイラ」

青ざめた顔と、怯《おび》えた声でアメリアが手を伸ばしてくる。

しかし、セルイラが気を取られたのは、自分の周囲に散らばっていたグラスの破片だった。

おそらく葡萄酒の入った数々のグラスは、魔法によって故意に飛んできたものだ。

風を操ったのか、物体そのものを浮かせるようにしたのか、それはセルイラも断定できない。けれど、グラスに魔法がかけられているのは、確かだった。

「……！　アメリア、離れて！」

床に飛散する鋭いガラスの欠片《かけら》が、ぷるぷると怪しい動きを見せ始め——危ないと、そう思ったときにはもう遅かった。

「きゃっ」

ガラスの欠片は不規則な動きのまま二人に襲いかかり、アメリアからは小さな悲鳴があがった。

びりり、と布が裂かれる音がする。

セルイラは咄嗟に自分の着用するドレスに目を落とした。

（スカートが破れてる……。アメリアは——）

横を向いたセルイラは、アメリアの姿に言葉を失ってしまった。

立ち位置が悪かったのだろう。セルイラ以上に、アメリアのドレスは無残に切り刻まれていたのだ。

肌が傷つけられることはなかったようだが、ドレスの上部は容赦なく破かれてしまっている。

アメリアは晒《さら》されそうになった胸部をすんでのところで自身の両腕を駆使して隠していた。

「……あ」

淑女としてあるまじき格好は、恥じらいを通り越してアメリアに恐怖を植えつけていく。

アメリアはその場に蹲《うずくま》ることしかできないでいた。

「アメリア！　いま、掛けるものを……！」

(さっきの声は、わたしに向けられたものだった‼　妬んだ誰かがわたしを狙ったに違いないのに、アメリアを巻き込むなんてっ)

強い憤りを感じる。この際、近くのテーブルに敷かれた掛布で構わない。

必要以上に肌を晒されたアメリアの体を隠すことができるならと、自分の格好は二の次でセルイラは行動に移そうとするが。

『必要ない』

なんの前触れもなく響いた、重圧のある低い声。

それがアルベルトのものだとわかったとき、震えるアメリアの体が青漆色の上着に包まれるのを、セルイラは間近で見ていた。

『おい。誰が、こんな真似《まね》をしていいと許可した？』

白い中衣姿になったアルベルトは、じろりと周囲を見回す。

「アル、ベルト、様」

助けてくれた人がアルベルトだとは思わなかったようで、アメリアは横に立つ彼の顔を見上げ声を振り絞った。

『一体誰なんだ？　こんな余興を許可なくやりやがったのは』

感情の起伏は一切見当たらず淡々とアルベルトは問う。表立って怒り狂う様を出したときよりも、静かな怒りは底知れない危うさがあった。

『アルベルト様』

遅れてメルウがその場に到着する。圧する勢いのアルベルトを彼は鎮めようとしていた。

『目を配っていたにも拘らずこのような事態となったのは、私《わたくし》の不徳の致すところです』

そんなメルウをアルベルトは視界の端に映すと、ふっと息を吐く。

目で会話するように、二人は視線を合わせていた。

『わかってるよ。暴走はしてないだろ』

アルベルトはひらひらと片手を振りながら肩の力を抜くと、今もまだしゃがみ込んでいるアメリアを見下ろした。

『おい、アメ……。お前、平気か――』

「申し訳、ございません。わたくし、あの、失礼します」

初めの言葉を濁したアルベルトは、片膝をついてアメリアを立たせようとする。

けれど、それを遠慮するように拒んだアメリアは、すくっと立ち上がると、舞踏場の扉へと一直線に走っていってしまった。

「アメリア！」

セルイラの声も届かないのか、アルベルトの上着を羽織ったアメリアは、振り返ることもなく会場の外へと消える。

『おい！』

そのあとを追うように、アルベルトが人ごみを掻き分け素早く動いた。

主催がいなくなり舞踏場は混乱が続いている。面白そうに成り行きを見つめる者、またもや王子が花嫁候補の人間に気をかけたと勘ぐる者、案外本当に人間を伴侶に迎えるのではと考える者、捉え方は様々だ。

『まったく……次から次へと、問題が起こりますね』

即急な対処を要する事態に、メルウからは無自覚に声が落とされた。

アメリアほどではないが、セルイラのドレスもひどい有様だ。

ところどころスカートは破け、さらに葡萄酒がじっとりと肌に引っついている。その感覚を煩わしく思いながら、セルイラは申し出た。

「……わたしも少し、会場から出ても構わないかしら」

とてもじゃないが、このまま夜会に残ることはできそうにない。

「近くにニケがいると思いますから、彼女の手を借りてください。巻き込んでしまったことには、お詫《わ》びをいたします」

なにか言いたいことがありそうなメルウだが、立場上騒ぎを鎮静させることが最優先事項なのだろう。彼はセルイラの後ろ姿を静かに見送るだけだった。

コツコツと、履き慣れないハイヒールでセルイラは廊下に続く入り口扉へと歩いていく。

姿はひどいものだけど、意地でもセルイラは俯《うつむ》かなかった。

(……誰がこんなこと、したんだろう)

どちらにせよ気分のいいものじゃない。グラスを飛ばした魔族からしてみれば、ほんの少しちょっかいを出しただけなのかもしれないが。

そこに一つだけ予想外のことがあったのなら、それはアルベルトの対応である。

誰もアルベルトが、あのような行動を起こすとは思ってもみなかったのだ。

ニケの手を借りろと言われたけれど、セルイラは一人で戻ることにした。見かければ声をかけたが、この人の多さでは探し出すのも困難である。

「セルイラちゃん！」

舞踏場の入り口を抜けようとしたところで、飲み物を取りに行っていたユージーンがセルイラを引き止めた。

「あ、ユージーン様。みっともない姿をお見せして申し訳ございません」

「……いや、俺こそごめん。飲み物を取りに行った隙にこんなこと」

「ユージーン様が気に病むことないですよ。そんな顔をなさらないでください」

あまりにも申し訳なさそうにしているユージーンが気の毒で、セルイラはころころと和やかに笑んだ。その様子にユージーンは瞬き、くっと眉尻を下げる。

「着替えに戻るの？　よかったら、部屋まで送るよ」

「……いえ、お構いなく。さすがにそれはこちらが申し訳ないので」

くるりとセルイラは踵を返す。ようやく舞踏場の外に出ると、自分の体に漂う臭いに顔を顰《しか》めた。

（……もう、本当にくさい！）

少量の酒から香る上品な匂いは好ましいが、ここまでくると鼻をつまみたくなる。

もうこれ以上、ほかの人にこの悪臭の害が及びませんように。そう思いながらセルイラは、ため息をこぼして廊下を進んでいった。

（アメリアはどこに行ったんだろう）

——ぴちゃん、ぴちゃん、と音がして、セルイラは左側に目を向けた。

舞踏場から部屋がある建物へと続く渡り廊下を歩いていた最中で、セルイラが見つけたのは水場だった。

青白い輝きが噴水の水面を反射して、キラキラと揺らめいている。

「あ……」

吸い寄せられるように、セルイラは噴水へと近寄っていく。

セルイラの上に広がる夜空には、無数の流れ星が瞬き、月光がより強く地上に降り注いでいた。


水の近くだからだろうか。辺りの空気は冷涼に澄み渡っていた。

舞踏場でのやるせない事態が薄れていくように、水の音響は心がじんわりと安らいでいく。

オーパルディアの民にとって水との関係は切っても切り離せないもの。だからこそ、余計に落ち着くのかもしれない。

中央の噴水を囲むように照らす光は、蝋燭《ろうそく》の火とは異なるなにかだった。

それは月の光の粒のように、優しい輝きを纏いながら宙を不規則に漂っている。

セルイラは、薄暗い足元を進んで噴水の前までやって来た。

(ここ、来たことがある)

二百年前、ノアールと訪れたことのある場所だった。

研ぎ澄まされた水音が、耳孔に滑り込んでくる。

それは鈴のように柔らかく、せせらぎのように優しい響きだった。

「――こんばんは。ね、月、綺麗だよね」

けれどセルイラは、その涼やかな音色が人の声であることに気がついた。

たった一瞬。セルイラが長い睫毛《まつげ》を上下に動かしたその一瞬の隙に、どこからともなく青年が現れたのだ。

空気が、景色が、音が、見ず知らずの青年が姿を見せた瞬間に、まるで示し合わせるかのように変化した。

(こんな人、見たことがない)

見たことがないというのは、本当にそのままの意味だ。

目の前にいるはずなのに、風が吹けば儚《はかな》く消え入りそうなほど、青年の容姿は美しく透き通っている。まるで青年一人だけが、夢と幻の中を生きているような出で立ちをしていた。

(この人……)

セルイラの心臓が、ゆっくりと鼓動を刻み始める。恐れ多くも魅入ってしまう、そんな姿を青年はしているのだ。

「あれ、おかしいな。僕の言葉、間違えている?」

噴水の端に腰を下ろした青年を取り巻く空気は、ピンと張り詰めている。けれどそれは、単純な恐怖などではない。

そう、例えるのなら。

神殿に訪れたときの、あの緊張感に似ていた。神の存在を一番近くに感じることのできる神聖な場所。言語化できない尊い空気。

初めて見るはずの謎の青年に、セルイラが心の中で思ったのはまさにそれであった。

(魔族……？　耳は……)

白に近い水色の髪の隙間から窺えるのは、人間の耳だ。

まるで空気を含んでいるように、青年の髪はふよふよと動いている。髪の長さはノアールよりもさらに長い。けれど魔法を使っているのか、地面につくことなく毛先はふわふわと浮いていた。

透き通る銀色の瞳と、目が合う。

「うん、聞こえていないねー」

微笑《ほほえ》めばドキリとしてしまうほど、どこか大人びている。

「……あっ。あの、あなたは？」

目の前で手を振られたことにより、ハッと正気を取り戻したセルイラは、水色の髪の青年を窺い見た。

「……ああ」

ようやく認識してもらえると、青年はどこか感極まるように瞳の奥を震わせる。

その些細《ささい》な動きを、セルイラは見逃していた。

「僕は……。うん、どうしようかな」

ぱっと顔を明るくさせたかと思うと、青年は考え込むように顎に手を当てる。けれどすぐに、表情が企みを含んだ笑みに姿を変えた。

「水の神って、そう言ったら君は信じてくれるかな——セラ」

驚き混じりの狭まった吐息と共に沈黙が下りて、セルイラの思考は停止した。

けれど、ぽちゃん、と水滴が跳ねる音に、再び引き戻される。

「どうして――」

なぜ、見ず知らずの青年が、自分の名を知っているのだろう。それも、彼は自分のことを「セラ」と呼んだ。セルイラではなく、セラと。

「……あなた、誰？」

動揺が色濃く出たセルイラの声は、ほんのりと恐れが混じっていた。

「ああ、ちがうよ。そんなに僕を恐れないで。僕は……君を怖がらせたくない」

瞳がうるりと揺れる。まるで悲しんでいるようだ。

息をすることさえ忘れるほど、近寄りがたい妖美な笑みを浮かべたかと思えば、次には幼子のように寂しそうな顔をする。

捉えどころのない青年だが、嫌な感じはない。セルイラの肩の力が少しだけ緩まった。

「それ、持ってるから。チェルシーが君に贈った、僕の象徴が縫い込まれたお守り」

スっと、青年はセルイラの胸の中心を指さす。今日のドレスはどこにも仕込める場所がないため、チェルシーに貰《もら》った大切なお守りを、セルイラは胸元に忍ばせていたのだ。

「大切にしてくれてるんだね。だから、こうして僕も姿を出しやすくなったんだよ」

まるで青年の感情を表しているようだった。水面から跳ねた雫が浮遊するように、彼の周りを浮き始める。

姿は人間であるはずなのに、この小さな現象の数々は魔法と似ていた。

（……もしかして、これは現実じゃない？）

眠った記憶などセルイラにはまったくない。しかし、青年は自分のことを「水神」と言った。自分の前に神様が現れるなど、現実離れしすぎている。

「こうして、君の前に姿を見せられた。だからいつもみたいに、他愛《たわい》ない話をしていたい。けど、今はまだ――」

瞳を眇《すが》め、青年はセルイラの額髪を上から押さえるように触れた。

ほんのりと光が放たれる。温かい。セルイラはこの手を知っているような気がした。

――ぴちゃん、と鳴り、雫《しずく》が弾《はじ》ける。

「君が、知ることを望んだ。だから僕は、その心に沿うだけだよ。セラ」

青年の声は、まるで水音だ。

するりと染み渡るように、頭の中心に水紋が広がる。

「また、すぐに会えるよ。今度は僕の名を、呼んでくれるとうれしいな。君がつけてくれた、僕の名前」

――ぴちゃん、と響《な》る。雫は浮いて、弾けた。


赤錆色の髪をした、自分がいる。その後ろ姿を、セルイラはぼんやりと眺めていた。

――セラは、誰かと対面していた。場所は魔王城の自分の部屋。今やアルベルトが管理している東宮殿の一棟にある、セラがあてがわれていた部屋だ。

窓から覗く月は研ぎ出したように薄く、照らす力もないに等しい。

セラの背中越しに、ぼんやりとした灯火が縁取るように広がっている。

話し相手が燭台《しょくだい》を手にしているのだろう。そして、ゆっくりと、その顔が明るみになった。

「さあ、いい子ねぇ。早く真名を教えて、セラ様。あの男の真名を——」

チカチカと照明が反射するたびに、黒く見えていた女の髪が、ときおり濃いオリーブ色になる。

ふと顔を確認すると、姿が別人になる瞬間があった。

垂れた目尻と、どこか魅力的な美貌。地味な顔立ちの黒髪と黄金の瞳の魔族の少女とは別に、二重になって見えるのはまったく異なる空気の女である。

女は城のメイドのような制服を着ていた。だが、形態に異なる部分がある。女が袖を通しているのは、侍女のみが着ることを許されたものだった。

艶麗な女は、不気味に唇の端を吊り上げる。それはあきらかに、ほくそ笑んでいた。

「……ルア・ノアール・ロード・クロシルフル」

感情の起伏が一切ないセラの声音。まるで操り人形のように希薄で、普段の彼女からは考えられないさまだった。

「ふふ、そう。そんなに、ご立派な真名を持っているの。ああ、真名すらも、憎らしい」

身の毛もよだつ恐ろしい形相を浮かべた女——ユダは、蝋燭の火を音もなく消した。

声はどんどん低くなり、秘められた憎悪が顔を出す。

「どうもありがとう、セラ様。あなたのおかげよ。あの男の弱味を、こんなにも生み出してくれたのは、あなた。とっても、感謝しているわ」

「……」

セラはプツンと糸が切れるように、そばにあった寝台に倒れ込んだ。

寝息を立て始めるセラを見下ろしながら、ユダはつぶやく。

「私の大切な人を殺しておいて、あんただけ幸せを感じるなんて許さない。絶対に。ノアール……あんたは一生、不幸であるべきよ」

――ぴちゃん、と、音が響く。セルイラの目の前の景色が、水の振動のように揺れる。

また、場面は移り変わった。

『セラ……すべては、私の責任だ』

ノアールがいる。彼は寝台で眠るセラを愛《いと》おしそうに見つめながら独言した。

『目を覚ましたとき、あなたは私を恨むだろう。わけもわからずに、私を憎んでしまうのだろうな』

どうしようもなく声が震えている。涙が流れていないだけで、ノアールは泣いているように見えた。

『どんな目を向けられるのか、それを考えると……とても恐ろしい、セラ』

セラ、セラ、と。何度もノアールはその名を口にする。大切そうに、噛《か》み締めるように、何度も名をつぶやいては、バイオレットに輝く瞳が細まった。

『セラ、私はあなたが……大切だ』

そして大切以上の感情が、ノアールには芽生えている。

『アルベルトも、ミイシェも、この幸せを運んできたのは、あなただ』

ノアールの決心は変わらない。それでも、今だけは、今だけは言わせて欲しい。

寝台の隅に両方の肘を乗せ、セラの手を握り締めるノアールは、やっとの思いで言葉を紡いだ。

『セラ――忘れないで。どうか、忘れないでくれ』

このときだけは、自分の気持ちに縋《すが》りつくことを許して欲しかった。

次にセラが目覚めたとき、彼女の記憶を消し去るのは、ノアール自身であるというのに。

そうして、あの日を迎えるのだ。

「……返そう、すべて。体も、時間も、記憶も――そなたと私が、出逢《であ》う前へ」

あの言葉が、今もセルイラの耳に残っている。

表情のわからないノアールは、淡々とした動作でセルイラを透明な魔法の膜で包み込んだ。

(どうしてと、何度も叫んだ)

セルイラは足掻くこともできず、最後になるであろうノアールの姿を目に焼きつけ、そして。

脳裏でフラッシュバックする情景に、ぽつぽつと色が塗りつけられていく。

セルイラは、ようやく本当の記憶を思い出した。

あのときの、彼の表情の違いに。

ただの生贄《いけにえ》に過ぎなかったのだと悲観したとき、悲しみと怒りに暮れたセルイラを見たノアールは
――。

(わたしは、どうして覚えていなかったの？)

返そうと、そう告げたノアールは、物悲しく微笑んでいて。

まるで世界が消えていく寂しさに必死に耐えるような……細められた彼の紫色の瞳には、水の光が溜《た》まっていた。

知り得なかった記憶の欠片に、現実に引き戻されるセルイラは、大きな勘違いをしていたのだという思いに苛まれる。

これはセルイラの記憶で、意識はなかったとしても、心や肌は感じていた。

ノアールが部屋に訪れて言ったことも、きっと。

（ごめんなさい、ノア。わたしが、いけなかったんだ）

初めて会ったときから感じていた嫌悪、底知れない畏怖の念、既視感。そう感じたのは、セルイラが彼女と二百年前に出会っていたからである。

記憶の中にいた女と、ベールを被《かぶ》ったあのユダは同一人物だったのだ。

そして、操られていた前世のセルイラは、ユダに重大な秘密を教えてしまっていた。

（ルア・ノアール・ロード・クロシルフル）

それは魔王ノアールの真名である。

心を開いてくれていたノアールが、前世の自分にだけ教えてくれた真名であったというのに。

（わたしはそれを、話してしまったんだ……！）

記憶の中でノアールに憎しみを抱いていたユダと対峙《たいじ》したセラは、意識がないようだった。自由を奪われ催眠をかけられていたのだろう。ゆえに、知らなかった。わからなかった。セルイラにはどうすることもできなかった。それでも。

（あなたを、信じることができなくて、ごめんなさい――）

ぴちゃんと、雫が消える。それは、涙だった。

「……おい」

噴水の流れる音がする。

「ごめんなさい……ノア……」

気を失っていたのか、自分はどうなっていたのか、わからない。

「しっかりするんだ」

声がする。セルイラが濡れた瞼《まぶた》を持ち上げると、そこには。

「――ノ、ア」

目を開けると視界いっぱいに、ノアールの顔があった。

表情の変化が乏しい彼が、これでもかと瞳を見開いている。

「……あ、わたし……どうなって……」

ようやく頭が働いてくると、セルイラは自分の状況もわからずに遠慮なく首を回す。セルイラの背中に添えられた手に力がこもった。

「……え」

満月の光が、二人に煌々《こうこう》と降り注いでいる。

あまりの眩《まばゆ》さに目を細めたセルイラは、自分の格好に目を見張った。

どういうわけか、噴水の中に倒れ込みそうになったセルイラを、ノアールが間一髪のところで支えていたのだ。

もう一度、セルイラは真正面に顔の位置を戻す。目と鼻の先には、表情を硬くさせたノアールがいる。

「うあ、えええええ!?」

「……急に動こうとするな」

ノアールが手を離せばセルイラは、一瞬にして噴水に落ちてしまうだろう。伸びる腕の中で慌てふためくセルイラに、やれやれとため息をつきながら、ノアールはセルイラの体をゆっくりと起こしていった。

（ここは……わたし……そうだ、あの人！）

自分のことを水神と名乗った、奇妙でいてどこか現実離れした人。

セルイラはきょろきょろと辺りを確認するが、あの青年の姿はどこにもなかった。

代わりにいるのは、ノアールただ一人。それだけでも今のセルイラの心臓に悪い。

「どう、して、ここに？　そうよ……人間の言葉を、それに、あなたは人間と話せないんじゃ？」

過去の背景が完全に抜けきれず、セルイラは言い淀《よど》んでしまう。

「……。気づいて、いたのか？」

目を開いたノアールは、興味深くセルイラを見据える。ばつが悪そうにすると、彼は背けるように空を仰いだ。

『私も、ここまで影響が強く出るとは思わなかったな』

浮かんだ満月を見上げながらノアールはぽつりとつぶやいた。月光を眩《まぶ》しそうに浴びるノアールの顔色は、なぜか舞踏場でダンスをしていたときよりも遥《はる》かに良くなっている。

「あなたは、なぜこんな場所にいる？」

再びこちらに目を向けたノアールは、セルイラの全身を見るとわずかに眉を顰めた。

「それも、そのような姿で」

ドレスのことを思い出したセルイラは、みっともなくて唐突に恥ずかしくなってくる。反射的に自分の両腕で体を隠したセルイラは、下唇をむっと噛んでさらに問う。

「あ、なたこそ……どうしてここに。質問にも、答えてくれていません」

「答え？」

ゆるりと首を傾けたノアールは、思い出したように口を開いた。

「人間の言葉は……昔に覚えた。それだけだ。ここへ来たのは奇妙な気配を感じたのだ。そうしたら、あなたがいた」

なぜ、人間と話せているのか。それはノアールにも確信がないのか言葉を詰まらせている。その様子をセルイラは思い詰めながら見つめていた。

ふと、ノアールの視線がこちらに向く。次はあなたの番だと言うように小さく顎をしゃくった。

「わ、たしは……夜会を抜けて来たのです、この有様、ですから。それで、立ちくらみが」

どうしても喉の奥が詰まってしまう。ノアールに対しての言葉遣いも、今の自分と魔王ならば気をつけなければならない。

謎の青年のことは、話す気になれなかった。

「それは、厚遇の結果ではないのだろう？」

広がる赤黒いしみと、鼻をつまみたくなるような頭にくる臭い。舞踏場での反応を思い出して、それはノアールも例外ではないだろうと、セルイラは恐る恐る窺う。

しかしノアールはただ、不可解そうにしているだけだった。

「それでは、夜会には戻れないだろう」

ノアールが右手を胸の中心まであげる。彼の行動をただ見つめていれば、セルイラを包み込むように温かな風が吹いた。飛び散った紫色の魔力の光が、セルイラの足元から頭のてっぺんまで駆け上がる。

（ドレスが……！）

微風が止《や》み、セルイラはまじまじと自分の体を見下ろして嘆息した。

落とすのは困難だと思われていた汚れは綺麗に取れて、破れた部分も一つ残らず元通りになっている。魔法の名残なのか、結晶を散らしたような輝きがドレスをより美しく引き立たせていた。

「ここ、血が出ている」

セルイラのほうに手を伸ばしたノアールは、首筋を指で撫《な》でた。不意に心臓が鷲掴《わしづか》みにされたように痛くなる。

声が漏れそうになるのを抑えていれば、じんわりと首周りに温度を感じた。

セルイラは気づいていなかったが、ガラスで切って細い傷になっていたようだ。それをノアールは簡単に治してしまった。

「どう、して」

「……どうして？」

セルイラが唇を引き結べば、ノアールが全く同じ言葉を繰り返した。

（違う、こんなことを言いたいんじゃない）

ノアールはわけがわからないという仕草をしている。セルイラの表情があまりにも苦しそうであったから余計に。

「――いえ。わたしのような人間に、こんなお心遣いを、ありがとうございます。魔王様、感謝しています」

顔を上げてセルイラは、自分ができる精一杯の笑みを浮かべた。

セルイラの複雑に入り乱れる表情に、ノアールは気を取られたように押し黙る。

そうして、どちらとも次の行動を起こさず、時間だけがゆっくりと流れ始めた。

『おい！　待てよ！』

走る足音が、二人の沈黙を劈《つんざ》いた。

聞こえてくるのは、セルイラとノアールが立つ噴水の反対側からで、徐々にこちらに近づいてきている。

『っおい、待て、お前――アメリア！』

その声に、セルイラは咄嗟に物陰へと移動した。かなり前に舞踏場を出ていったアルベルトとアメリアが、こちらに来てしまったのだ。

『……なぜ、私まで』

体が二人分、すっぽりと余裕で隠れられるオブジェの後ろにはセルイラと、彼女に手首を掴まれ連れてこられたノアールが息を潜めている。

『申し訳ございません。人が来たので、思わず……』

ノアールのほうには振り返らず、セルイラはひんやりと冷たい石のオブジェに手を当てて噴水にいる人影を確認する。

『……！　あなたは、こちらの言葉がわかるのか？』

息を呑む気配に、セルイラはまた複雑そうに笑った。

『ええ。昔から……勉強していたので』

『……』

背後から感じる視線に、セルイラの体が痺《しび》れを伴っていく。こんなにも近くにいるのに、自分がセラだと明かせないのがもどかしい。

(さっきの記憶。本当にあの人が見せてくれたものなら、あの人は——水神様なの？)

そんな、まさかと。セルイラは思案を巡らせる。

『……アルベルト』

ふと、後ろに立つノアールが声を出した。

素直に身を潜めていたノアールは、いつの間にか噴水にいるアルベルトとアメリアを食い入るように観察している。

(まず、ここをどうにかして出ないと。思わず隠れちゃったけれど、これじゃ完全に覗き見だわ。わたしが強引に引っ張ってきたとはいえ、ノアールなら魔法で移動できるわよね？)

それなのに、ノアールはその場を一切離れない。

考えることは山積みだが、この状況では埒が明かないとセルイラもこっそり噴水に目を向けた。

セルイラたちがいた場所で、アルベルトとアメリアが口論をしている。

とはいえ、互いに相手の言葉がわかっていないので、どちらも一方通行になっていた。

『いい加減にしろよ。止まれって言ってんのに』

「あの、一人にしてください。わたくしは、大丈夫なので」

『また、なんで逃げるんだ！』

「もう、どうして離してくれないのですか！」

アメリアの二の腕を掴んで離さないアルベルトと、意固地になって背を向けるアメリア。彼女の背には、今もアルベルトが羽織らせた上着がある。

「アルベルト様はなにを考えていらっしゃるのですか？　主催者が会場を出てくるなんて、なぜそのようなことを」

『……そんな状態で、気にならないわけないだろうが！』

会話が通じていないはずなのに、当人たちの主張は続く。まるで痴話喧嘩《げんか》だった。

『……あの二人は、なにをやっているんだ』

素朴な疑問をノアールは声に出した。

アルベルトは体が勝手に動いてしまって、あとから気持ちがついて歩いているような印象を受ける。こうしてアメリアを引き止めている自分自身にも戸惑っているようだった。

セルイラとノアールは二人揃ってオブジェの陰から顔を出す。

アメリアはともかく、アルベルトは気づいてもおかしくない距離であるのに、それだけ目の前のことに頭が占領されているのだろう。全くこちらに勘づく気配がない。

「お願いですから……こんな姿、見て欲しくないのです。自分が、とても惨めで、弱い存在なんだと。悔しかった。それに……怖かった」

ぽろりと、アメリアの瞳から大粒の涙が落ち始める。

まさか泣くとは思わなかったアルベルトは、鼻を赤くさせたアメリアを凝視した。

「み、見ないでください」

ごしごしと細い腕でアメリアは何度も目元を擦る。アメリアも涙が出たことに驚いているのか、早く止めようと必死だった。

『おい、そんな乱暴に擦るなって』

「……」

『って、聞いてるのか』

「ど、して、全然止まらな」

『聞いてねーな』

珍しくアルベルトは呆《あき》れ声を滲ませた。

拭っては涙が溢れ、拭っては溢れが続き、アメリアの手つきも力強くなっていく。

——ゴシゴシ、ゴシゴシ、ゴシャァ!!

(ちょ、なに今の音!?　アメリア擦りすぎ!)

あきらかに涙を拭うには似つかわしくない痛々しい音に、セルイラの顔が青ざめていく。

見かねたアルベルトは、若干引き気味にアメリアの手を搦《から》め捕った。

『やめろっての。顔が腫れ上がっても知らない……ぞ……って』

無理やり自分のほうに顔を向かせたアルベルトは、アメリアの泣き顔を見た途端にぷるぷると肩を震わせ、吹き出した。

『ははは!　もうひどい顔してるな!　鼻も垂らしてるし、すげー顔!』

アメリアの泣き顔に、アルベルトは大笑いし始めた。セルイラたちの位置からではそこまで詳しく見えないが、アメリアが急いで鼻をすする音は聞こえてくる。

腹を抱える勢いのアルベルトに、溢れ出ていたアメリアの涙はピタリと止まっていた。

緊張感のあった場の空気が、アルベルトの笑いによってがらりと一変する。

（笑うって……泣いている子に、そんな笑うなんて）

女の子の泣き顔を笑い飛ばすとは思ってもみなかったセルイラは、唖然《あぜん》として口を開けていた。

『……まさか、ここまでとは』

ノアールの深いため息がセルイラの首に当たる。まるで同意するようにセルイラは落胆した。

「……ひ、ひどいです！　顔を見てそんなに笑うなんて、ひどすぎます！」

かあっと顔を赤くさせたアメリアは、掴まれた手から逃れようとするが、アルベルトはそれを許さなかった。

『なんだ？　泣いたと思ったら次は怒って。忙しい女だな。それに、あんまり動くと胸が見えるぞ』

恥ずかしさを怒りに変えているアメリアに、さらに笑いを誘われたのか、アルベルトは肩を揺らしている。

そして、破れたアメリアのドレスに目を向けると、おもむろに手をかざした。

飛び散った魔力が青い火花となってアメリアを包む。先のノアールと同様に、アルベルトはアメリアの引き裂かれたドレスを元通りに直していった。

（こんなところまで、親子なのね）

ドレスがみるみるうちに綺麗になっていき、アメリアは喫驚《びっくり》しながらアルベルトを見上げる。

「こんなに、こんなにも素敵な魔法があったのですねっ」

『……！　よ、喜びすぎだろう。さっきまで泣いてたくせに』

気分が高揚したアメリアは、魔界へ来て初めてアルベルトに好意的な目を向けている。

満更でもないアルベルトは、気を良くしたのか噴水の水を操って動物を作り始めた。

(そういえば、アルベルトの初めての魔法って……水を使って形を作ることだったわ)

セルイラは懐かしげに水の動物たちを眺めた。

犬、猫、うさぎ、鳥と、空中を飛んだ水の動物たちが楽しそうに動き回り、さらにアメリアの瞳は輝きが増していく。

「まあ、綺麗……！」

『現金な女だな』

人間であるアメリアからしてみれば、このように美しい魔法の情景を見るのは初めてで。そんな魔法に魅せられたアメリアは、何度も「すごい」とアルベルトに賞賛の言葉を送った。

「本当に、すごいです。アルベルト様！」

「……スゴイ」

「え？　アルベルト様？」

「スゴイ……スゴイ？」

不意にアルベルトは、たどたどしい口調で人間の言語をつぶやいた。

なにかを懸命に思い出そうとするように、アルベルトはその言葉を繰り返し唱える。アメリアは心配そうにアルベルトを見つめた。

『そういや、俺が初めて魔法で褒められたのは……はは、そうか』

アルベルトの顔つきが確信に変わったとき、彼は思いを馳《は》せるように目尻を和ませる。

普段ではあまり見ない優しげな横顔に、隣にいたアメリアははっと目を奪われていたが、アルベルトが気づくことはなかった。

『なあ、アメリア。もう一回言ってくれよ』

「あ、あの、なんとおっしゃっているのか……」

躊躇《ちゅうちょ》するアメリアを察したアルベルトは、ぐいっと自分に親指を向けて「スゴイ？」と問う。

ここまですればアメリアも意味を理解し、顔を明るくさせてこくこくと頷《うなず》いた。

「はい！　アルベルト様の魔法、すごい、です」

大袈裟《おおげさ》に区切りながらアメリアは言った。彼女を現金なヤツと言っていたアルベルトの感想はあながち間違いではないのかもしれない。

彼の言葉の選び方は悪いが、確かにアメリアは逞《たくま》しくて驚かされてばかりだ。

そして言葉が伝わっているわけではないのに、二人の距離は、少しだけ縮まったような——。

『そろそろ会場に戻るぞ。俺が抜けたままじゃ締まらないからな。アメリアも俺の花嫁……候補の一人なんだ』

「え、アルベルト様！　そちらは舞踏場では、あの、わたくしは……」

『そう怯えるな。もう、あんなことは起こらない』

「あの、ちょっと、アルベルトさまっ」

『お前はあっちから行け。さすがに一緒には戻れないだろ。俺はこっち、主催者側の扉から行く』

早く行けと言わんばかりに、アルベルトは手をひらひらと動かした。

アメリアは言われた通りに廊下を進んで行くが、その足取りは迷いが見られる。

——結論。二人の距離は、縮まったような、気がしないでもない。

(アメリア、大丈夫かな。わたしもあとを追いかけよう)

アルベルトとアメリアが噴水の前から姿を消し、セルイラとノアールもようやくオブジェの陰から出ることができた。

『ありがとうございました。こんなことにつき合わせて、申し訳ございません』

『いや、私も興味深いものが見られた』

『興味深い？』

『息子のあのように笑った顔は、私にとって稀《まれ》だ』

さらりと流れる黒髪の隙間で、ノアールの瞳が寂しそうに揺らめいている。

セルイラが黙っていると、ノアールは余計なことを言ってしまったとその話を切り上げた。

『それよりも、あなたのことだが……』

『はい？』

スッとノアールの両の眼に射抜かれ、セルイラの体が竦《すく》む。

『あなたは――誰だ』

一瞬、静寂が広がった。

ざわりと強い風が駆け抜けて、セルイラの背を押すように、一歩前に足が出る。

誰だと言われて緊張感が走ったのは、セルイラが、セラであるから。

『いや、唐突であったな。言い方を変える。あなたの名前を、聞かせてくれないだろうか』

『あ、ああ……そういうことですか』

むしろノアールからしてみればそれ以外に理由はない。けれど安堵《あんど》した様子のセルイラの仕草を、ノアールは確かめるように瞳に収めていた。

『わたしは――』

その名を言おうとして、セルイラは一度、ピタリと動きを止めた。

空に浮かんでいた満月が、閃光《せんこう》を放って辺りを包んだのだ。

「わ……!?」

視界が真っ白になったのは一瞬のことで。眩しさがなくなって目を開けたセルイラは、頭に届いた幼い声に肩を震わせた。

――ママ、どこ？

彷徨《さまよ》うように、セルイラを探して呼びかけている。それは、心細げな女の子の声だった。

――ママ、ママ。ミイシェ、ここにいるよ。

セルイラは瞳を大きく見開いた。頭の中で響いている声がミイシェと名乗ったことに、動揺を隠しきれない。耳から入ってきたのではなく頭に直接的に呼びかけてくるその声に、手には汗が滲んでいく。

「ミイ、シェ……？」

思わず声に出していたセルイラに、隣に立っていたノアールの顔は驚愕《きょうがく》の色に染められていた。

セルイラの口から出た名前に、ノアールはセルイラを凝視する。

けれど訴えかけてくる声でそれどころではなく、セルイラは走り出していた。

（声が、こっちから聞こえてくる。わたしを呼んでいる声）

消え入りそうな声に、セルイラの心は強く締めつけられる。

誰の声なのかわからない。けれどセルイラの足は、無我夢中で舞踏場に向かっていた。

息を切らしながら、セルイラは舞踏場に駆け込んだ。

肩を激しく上下にさせたセルイラの姿に、会場にいた魔族からは訝《いぶか》しげに見られる。

「……ミイシェ？」

それでもお構いなしに、セルイラは前を進んだ。

「待て！　先ほど、ミイシェと言ったな？　なぜその名を……」

後ろから追ってきたらしいノアールに肩を掴まれ、セルイラは彼のほうを向かされた。

ユダと共に退場したノアールが再び現れたことに、参加者たちからは小さな悲鳴があがっていた。

「声がしたんです」

「な、に？」

どういうべきか。頭の中に響く声は念話という、頭に直接意思を送るという魔族の力で間違いないのだけれど。セルイラに向けて「ママ」と言っている事実を、どう話せばいいのか。

セルイラが二の句が継げなくなったとき、それは起こった。

バンッ！　と、激しい音が舞踏場全体に轟《とどろ》く。遠くにある主催者用扉の両方が、竜巻に押されでもしたかのように荒々しく開いた。

次第に風が弱まり、閉じられていた視界がひらけていく。舞踏場にいる者たちの視線もまた、そこへ注がれた。

開け放たれた扉の前には——幼い少女がいた。

魔界で『天使』と表現するのは、かなり不相応なことなのかもしれない。

しかし会場にいる魔族たちの脳裏によぎったのは、彼らが信仰する魔神を事細かに記した神書に登場する、穢《けが》れなき天使の挿絵だったのである。

扉を開けたすぐそばには、ひし形のガラス窓があった。そこから差し込む月の強い光線で、少女の肌は陶器のように美しく光っている。蜂蜜色の珠のような瞳、丸みを帯びる柔らかな頬、薄桃色に染まる口唇、波のように揺れる腰下まで伸びた髪は、黒色と淡紅色を混ぜ込んだ色合いをしていた。

天使のように可憐な少女に違和感があるとするならば、それは純白の可愛らしい寝衣だ。

寝起きのような少女の格好は、夜会が行われているこの場には些《いささ》か場違いで、不自然であった。

「……どう、して」

瞬きすら惜しいと、セルイラは幼い少女の姿を熟視する。

あの頃は、まだ腕にすっぽりと抱き収まる赤ん坊で、その姿しかセルイラは覚えていない。

それなのに、わかる。あの幼い女の子が、前世で産んだ子どもであると。娘の、ミイシェ以外に考えられないと。

「ミイ、シェ……?」

『……っ』

セルイラの声音にぴくりとミイシェは反応する。

ぼんやりと虚《うつ》ろであった瞳が、花開くように大きく広がり――。

『ママ……！』

次の瞬間、セルイラの脚に重みが加わった。

視線を下降させると、そこにはセルイラにしっかりとしがみついたミイシェがいた。

細い腕と小さな手が、縋りつくようにセルイラを抱きしめている。

『お、おい。あの子どもは一体……』

『いや、待て……先ほど見えた顔立ち……似ていないか？』

『似ているって……ま、まさか』

魔族たちの推測は当たっていた。けれど誰もその先を言おうとはせず、示し合わせたように主催者席にいるアルベルトへと視線が向けられる。

『……ミイシェ……？』

席から立ち上がっていたアルベルトは、狼狽《ろうばい》を顔に漂わせて固まっていた。心なしか瞳が潤んでいるようにも見える。

まだ目の前で起きていることが現実なのか、状況を処理しきれていない様子がアルベルトからは窺えた。

『――ミイシェ』

そして、とどめを刺すように――セルイラの背後に佇んだノアールが、こわごわとミイシェを呼ぶ。

ノアールの感情が揺さぶられた影響なのか、舞踏場に灯《とも》されていた蝋燭の炎が、ぽぽぽっと、紫色へと変化していった。

『ミイシェとは……まさか、眠り続けていたという王女殿下か!?』

ノアールが改めてその名を言ったことにより、野次馬となっていた魔族たちから続々と声があがった。

原因不明の病でミイシェが長い間眠りについていたということは、魔族間では有名らしい。

しかし、全く知らなかったセルイラからしてみれば、聞き捨てならない話である。

（ミイシェが眠っていた？　それに、どうしてミイシェの体は小さいままなの⁉）

二百年が経《た》っているはずなのに、ミイシェの姿は人間でいうところの七歳児の見た目をしている。

アルベルトとは、たった二年ほどしか年の差がないというのに、ミイシェの体は小さく言動も幼いままだった。

『あの花嫁候補の人間、何者なんだ？』

『なぜ、ミイシェ王女様は、あの娘に？』

雑多の声や響きが遠く近くで交差する。皆が同様に思うのは、なぜミイシェ王女がここにいるのか。そしてなぜ、ミイシェは人間であるセルイラに抱きついているのかであった。

すりすりと、セルイラに頬を擦り寄せるミイシェの安堵した声が頭の中に届いてくる。

――ママ、ママの香りがする。ほんとうにママだ。

（ミイシェ……）

可愛らしい旋毛《つむじ》が見える小さな頭部に手がいきそうになり、セルイラはやっとの思いで寸止めする。

どうして自分を母だと認識しているのか全くわからない。

けれど近くにいるミイシェを、なんのしがらみもなく抱きしめられないことが、セルイラには心苦しくてたまらなかった。

この場でのセルイラはただの人間だ。花嫁候補の令嬢の一人であって、ミイシェとの接点はなにもない。幼い体をぎゅっと抱いて安心させることは、今のセルイラにはできなかった。

（ミイシェ、ごめんなさい）

その肩に、セルイラはそっと手を置く。目線を合わせて、周囲に不信感を持たせないように。最低限の距離を保つ。

――ママ、だいじょうぶだよ。

ミイシェはただにっこりと、セルイラに笑いかけた。ただ逢えたことに心からの喜びを噛み締めるように、笑っている。

――また、あとで。ミイシェのこと、いっぱい、いっぱい、ぎゅうってしてね。ママ。

『パパ！』

それだけをセルイラに伝えると、次にミイシェが視線を向けたのは、ノアールだった。

たたたっ、とミイシェはノアールの元に駆け寄ると、速度を緩めることなく飛び込む勢いで抱きついた。

『……っ』

それをしっかりと支え、長い腕で恐る恐る包み込んだノアールは、ミイシェの顔がよく見えるように片膝をついて覗き込む。眉を八の字に歪ませ、何度もノアールはミイシェの姿を確認していた。

『ミイシェ、なのか……？』

幻に触れるように、ノアールは手を伸ばしてミイシェの丸い頬をひと撫でする。

『えへへ、パパ、くすぐったい～』

それでもノアールはやめなかった。形容しがたい表情で、ここにいるのだと再確認すると、ミイシェの体を胸に閉じ込めた。

『ミイシェ……っ』

こんな魔王を、今まで見たことがあっただろうか。

会場にいる魔族たちは、見てはいけないものを見ているような錯覚に陥った。

息子のアルベルトにさえ、素っ気ない対応をしていたはずのノアールが、愛情が薄い印象さえあった彼が、我を忘れたようにミイシェを抱きしめているのだ。

魔族らにとっては、まさに青天の霹靂《へきれき》と言っても過言はなかった。

『ミイシェ⁉』

『おにーさま』

遅れてアルベルトは、ノアールとミイシェの元へと急ぐ。

ミイシェはまた、迷うことなくアルベルトを兄と認識していた。

『俺のこと、わかるのか？　お前、ずっと眠ってたんだぞ⁉』

『ミイシェ、わかる。アルベルトおにいさま。いつもミイシェのちかくにいてくれたよ。しってるよ』

『……！』

アルベルトの表情がくしゃりと崩れる。彼の感情に含まれるのは、ただ単純な喜びだけではなかった。

『父さん、一体どういうことだよ』

『……』

ノアールは口ごもり沈黙を貫いた。その態度が気に入らなかったのか、アルベルトは青筋を立て噛みつく勢いで論ずる。

『あんた、毎回そうだよな。こっちがなにを聞いても一切話そうとしない！　なに一つ答えねえ！　いつまで一人でいるつもりなんだよ！』

『アルベルト様』

この話の先を他者に聞かせるわけにはいかない。そう判断したメルウは、二人の間に割って入った。ノアールの胸ぐらを掴む勢いのアルベルトを諫《いさ》め、ちらりと目配せをする。

『夜会どころではありませんね』

これから対処に追われる自分の姿を想像しているのか、メルウはどこか遠い目をする。

——ミイシェの乱入により、夜会という名の花嫁候補の令嬢たちのお披露目は、中途半端な形で中断となった。


魔王の娘、ミイシェ王女が目覚めたことにより、城内は慌ただしい空気に包まれている。

対処に追われるメルウは、夜会の参加者全員を住居へ帰し、花嫁候補の令嬢たちをそれぞれの部屋で待機させるように指示を出した。

——ただ一人、セルイラだけを除いて。

(落ち着かない……いや、こんな状況で落ち着いていられるほうが不思議だわ)

座り心地の良い横長の椅子に腰を下ろし、両手を口に当てたセルイラは、深々とため息をついた。

ここは東の棟の一角にある広々とした談話室。温かみのある色合いの家具で統一されている室内には、古びた時計の針の規則的な音が鳴っている。

(ここは、あてがわれた部屋がある棟とは、べつのところよね。同じ東宮殿でも、アルベルトの部屋が近いってことは、限られた者だけが使用できる場所……)

そんなところにセルイラが居座っている理由。それは、ミイシェが望んだからだった。

(ミイシェは本当に、わたしだとわかっていたの……？)

体に異常がないかを調べるため、現在ミイシェは一度アルベルトの自室へ戻っている。

しかしミイシェは、ノアールに抱えられるようにして舞踏場を出ていくときも、駄々をこねるようにセルイラと一緒にいたいと主張していた。

ノアールやアルベルトはもちろん魔王城の使用人たちも、なぜセルイラなのかと不審に感じていた。

そんな中、ここは希望に添わせるべきだとメルウが場をまとめ、結果セルイラはこうして談話室で待機しているのだ。

(……わたしのことを、ママって言っていた)

舞踏場で頭に語りかけたミイシェの言葉を思い出し、セルイラは難しい表情を浮かべた。

周りには原因不明の病により、眠り姫と囁《ささや》かれていたミイシェがなぜ、人間のセルイラにあのような行動をとったのか。誰もが疑問に思っていることだった。

そして、よからぬ噂《うわさ》が魔族たちの間で飛び交いかねないと危惧したメルウは、その場をしのぐための仮説を立てた。

それが、鳥類の刷り込み現象である。雛が孵《ふ》化《か》後の一定期間に見たものを親だと認識してついて回る習性。魔界に生息する魔獣にも同様に起こり得る現象らしいが、メルウはこれをミイシェの心理に当てはめた。

驚くことにミイシェは二百年もの間、眠りっぱなしだったのだという。そんなミイシェが目覚めてから一番に目にした存在――つまりセルイラを刷り込みで特別だと認識し、気にしているのではないか。

ひとまずメルウは、この仮説で魔族たちを納得させたようだった。

強引とも言える説明ではあるが、二百年間眠りについていたミイシェの心理状態など、所詮本人にしか理解できないものである。ゆえに反論する者はいなかった。

（そもそも、二百年ってどういうことなの⁉　ミイシェの話を全く耳にしないと思っていたら、眠っていた？　二百年も？　ニケは、さっきからなにも教えてくれないしわかりようがないわ）

部屋にはセルイラのほかに、ニケが待機している。

セルイラの監視を含めているのだろうが、黙ったままだ。

『ママ！』

部屋の扉が激しく開いたと思うと、別室に移されていたミイシェがセルイラの元に駆け寄ってきた。

顔をぱっと輝かせ一目散に向かってきたミイシェに、セルイラは曖昧な表情を作った。ミイシェの後ろから、ノアール、アルベルト、メルウの三人が続々と入ってきたからだ。

『だからそいつは母親じゃねーって言ってるだろ』

アルベルトは少々苛立《いらだ》たしげに言った。

しかし、ミイシェは頬袋を膨らませて首を横に振る。

『どうしてみんなママを見てこわい顔するの？　ママがかわいそうだよ』

『だから、違うんだよ』

『ううん、ちがくないよ。あのね、ママは――』

そうミイシェが言いかけたところで、アルベルトは諭すような顔でミイシェの前に膝をついた。

『よく聞け、ミイシェ。お前は二百年眠りっぱなしだったんだ。その間に、俺たちを産んだ母親は俺たちを捨てて人間の世界に帰っていった。ここでのことなんて忘れたくて逃げたんだ。だから母親なんて、とっくにいないんだよ』

信じられない気持ちで、セルイラは硬直していた。

アルベルトの口から語られるのは、魔界に恐れをなした母親が、結局は自分たち家族を捨てていなくなったという話だ。そんなことセルイラは身に覚えがない。

『ち、ちがうの。あのね、ええと……ミイシェ、起きたばかりでまだうまくいえないけどね、ママは……』

『俺たちを、捨てたんだ』

間髪を入れずにアルベルトが言った。それを信じて疑わない顔に、ミイシェは瞳に涙を浮かべる。

『ちがうもん！　だって、ママのにおいするもん！　ミイシェね、赤ちゃんのときから覚えてるんだよ。起きられなかったけど、ママもパパもおにーさまもそばにいてくれたこと、しってるの！　それで、それで……ママの心のかおりがするの!!』

断言したミイシェに、アルベルトは一瞬動きを止める。しかしすぐに、吐き捨てるように言った。

『なら……なんで二百年前、魔界から消えたんだよ』

哀《かな》しそうに歪んだアルベルトの横顔に、ついにセルイラは我慢を止められなくなった。

『――わたし、捨ててなんかいない』

息せき切ったセルイラに、ミイシェを除いた一同が目を剥《む》く。

もっと早く出るべきだった。四の五の考えていないで名乗り出ればよかったのだ。

そうすれば、二人の子どもが互いに言い合って、こんなに傷ついた顔をすることもなかったというのに。セルイラは自分を責め立てながら、アルベルトとミイシェの間に入る。

『わたしは、逃げたいなんて思わなかった。アルベルトもミイシェのことも、忘れてもいないわ。今までずっと、覚えていたもの』

『なに、言ってるんだ、お前』

アルベルトは言葉を失ってしまう。自分の手を掴んで懸命に訴えているこの女は、冗談では許せないほどの爆弾をチラつかせているのだ。

『だってわたしは――』

『少し、二人だけで話をさせてはくれないか』

振り返ると、ノアールが無表情のままこちらに近づいているところだった。

セルイラの発言に例えようのない驚愕の色を浮かべているメルウとニケ。そしてアルベルトへと目配せをしたノアールは、セルイラへと視線を流す。

感情が一切わからないノアールの様子に、言ってしまったセルイラの不安が膨らんでいく。

『場所を、変えよう』

ノアールの声が耳元で聞こえたかと思うと――いつの間にかセルイラは、魔王城の裏手にある野原に場所を移動させられていた。


夜風に揺らいで髪が靡《なび》いた。満月の光だけで十分に周辺を一望できる。

セラとしても足を運んだことのある野原には、舟遊びができる湖と、色とりどりの実をつける果物の森林がある。そう遠くない森には、放し飼いされた魔獣ものびのびと暮らしていたはずだ。

ちょうどセルイラの目の前には湖畔があった。

けれど呑気《のんき》に見物とはいかない。布がこすれる微弱な音に振り返ると、眉間に皺《しわ》を寄せたノアールが立っていた。

『……あの』

その続きを紡ぐ、暇もなかった。

「っ！」

両肩に手を置かれたセルイラは、有無を言わさず引き寄せられる。

見上げた先にあるノアールの表情は、先ほど部屋にいたときの落ち着き払った様子とは打って変わり、真剣な眼差しをしていた。

『……』

一言も発さず、けれど食い入るようにセルイラを見つめる紫の震えた瞳は、言葉よりも多くのことを語っているようだった。

水神と名乗った青年が見せた記憶が、ふと蘇《よみがえ》ってくる。

二百年前の別れ際、前世のセラに告げていた彼の想い、ひどく悲しげで、耐えていた面差し。

それを思い出すと、セルイラの唇からはポロポロと押し込められていた言葉がこぼれ落ちていた。

『ごめ、なさい……ノア』

『……！』

『わたし、あなたを憎んでいたの。ずっと、自分のされたことに頭がいっぱいで。あなたがなにか抱えているんじゃないかって、理由があるのだと、あの頃考えられなくなっていて』

自分から死んだのだと、そうセルイラは掠《かす》れた声で伝えた。

ついに涙が溢れた。途絶えることなく、ポタポタと、彼が置いた手の甲にも落ちて流れていく。

聞きたいことは山ほどある。解決できていない疑問は多い。

しかし、なによりも――二百年前よりも孤独になって深い傷を負っているように感じるノアールに、同じような言葉ばかり送ってしまう。

堰《せき》を切ったように流れ出した涙は尽きることを知らず、目元が赤く腫れていった。

『その人は……深い夕暮れの、優しい赤色の髪をしていた』

セルイラのプラチナブロンドの髪に恭しく触れたノアールは、優しい声音で囁く。

『暑さが和らいだ頃に染まり始める、暖かな落ち葉の色の瞳をしていた』

セルイラの海の光を閉じ込めたような蒼《あお》い瞳を見つめて、腫れ上がった目尻に指を滑らせる。

『陽《ひ》の光が満ち浴びた肌を、気にしているようだったが、愛らしいと私は思っていた』

セルイラの陶器のように白く透き通る肌が、夜の光で淡く輝いた。

『触れた手から、懸命に兄弟を守ってきたのだろうとわかる、強く美しい手をしていた』

セルイラは、傷一つない滑らかな自分の手のひらを強く、強く握り込む。

彼が穏やかに語るのは、前世のセラの姿である。

なぜ今そんなことを、とセルイラが睫毛を濡らしたまま顔を持ち上げると、ひどく泣きそうに微笑んだノアールに目を奪われた。

『まだ……名を、聞いていなかった。名は、なんというんだ？』

『わたしは、セルイラ・アルスター』

そして、と。セルイラはもう一つの大切な名前を告げた。

『わたしは、セラよ。生まれ変わる前の、わたしの名前。ただのセ――』

言い切る前に、その胸に引き寄せられた。再会したときとは比べ物にならない温かな体温が、セルイラを包み込んだ。

喜びに打ち震えるように、背中に回したノアールの手が、セルイラを強く強く掻き抱く。

『……夢では、ないのだな』

焦がれたような声が、耳朶《じだ》を打つ。

しばらくの間セルイラは、熱を帯びた体に身を委ねていた。

我に返ったセルイラは、未《いま》だノアールに抱きしめられている状況に気恥ずかしさを感じていた。二百年前だってこうも抱きしめ合ったことはないと思う。

もぞもぞと身を動かすセルイラだったが、回された腕はさらに強くなっていた。

速くなっていく鼓動に耐えきれず押しのけようとするが、男女の力の差では敵《かな》うはずもない。

『離れるな』

『こ、こんなときになにを言って……』

『あらぁ。ふたりでどんな内緒話をしているのかしら？』

その声は、水神が見せた記憶の女性と似通っており、ぞくりと寒気が背中を駆け上がった。

声の出どころに目を向ける。野原の先からベールを揺らして近づいてくる女の姿に、セルイラは眉を寄せた。

『びっくりしたわぁ。こんなところで花嫁候補の人間と密《ひそ》かな逢瀬《おうせ》を楽しんでいるんだもの。でも、どうしてかしら？』

『……そなたに話すことは一切ない、ユダ』

ノアールはすぐさま自身の背後にセルイラを隠すと、守るように一歩前に出た。

『ノアール、そんな口の利き方をしていいと思っているの？』

『……っ』

ユダが言葉と共に手を前にかざすと、ノアールの肩が微《かす》かに揺れる。

後ろからわずかに窺《うかが》えたノアールの横顔は、見えない苦痛に耐え忍んでいるようで、一気に不安が押し寄せた。

そんなセルイラの心配をよそに、ノアールは口を開く。

『話すことなどないと、言っただろう』

言い返した途端、ユダの顔色には変化が表れ始めた。

『あんた……なにをしたのよ。なぜ急に誓約が弱まっているの』

ノアールと対峙《たいじ》したユダの顔から、少しずつ余裕が消えている。それどころか、隠せない焦りを滲《にじ》ませて執拗《しつよう》に問いただそうとしていた。

(誓、約？)

こころなしかユダの息は荒く、異質な臭いが鼻についた。

『でも、残念だったわねぇ。まだ効力はある。あんたの負けよ』

再びユダが手を向ければ、ノアールの肩が一瞬跳ねる。魔法を使っているのではと予想したセルイラは、彼女の目の前に飛び出した。

『やめて！　なぜこんなことをするの!?』

『あなた、なぜ魔界の言葉を話しているのよ？』

ユダが、緩慢な動作でセルイラを見つめた。

ベールで顔は見えないが、ユダの表情が冷えていくのが伝わってくる。

『……まさか、半魔だったなんて言わないわよねぇ？』

『半魔？』

どこかで聞いたことがある気がする。けれど、その程度の認識だった。

セルイラの言動で半魔ではないと見極めたのか、再び意識をノアールに向ける。

『半魔じゃないならいいのよ。さあ、予定が狂ったけど準備はもう済んでいるわぁ。その体と魂を、引き裂いてあげる』

次の瞬間、セルイラの意識は闇の中に包まれた。


「――セルイラちゃん」

冷えた石の感触に、セルイラは目を開けた。辺りは薄暗く、セルイラは伏せっていた床に目を落とす。クリスタルの欠片《かけら》を散りばめたような夜空に似た造りの床に、セルイラは倒れ込んでいた。

どうなっているのか、状況の把握が追いつかない。ようやくノアールと言葉を交わせたというのに、もっと話さなければならないことが、解かなければならない誤解があるというのに。なぜこうもうまくいかないのだろう。

「起きたんだね、セルイラちゃん」

「ユージーン、さま……？」

空気が抜けた声が出る。自分を見下ろしているユージーンと目が合ったからだ。

「急に起き上がると危ないよ」

上体を起こそうとしたセルイラに、ユージーンはひどく優しげな顔をしていた。

彼の言っている意味がわかった。どういうわけか、セルイラが動こうとすれば、体がずんと重くなり骨がきしむような感覚に襲われたのだ。セルイラは魔力縛りをかけられているのだと理解した。

呆然《ぼうぜん》としそうになるも、セルイラは問いかける。

「ここは、どこなのですか」

気を失う前のことを思い出し、セルイラは彼に疑惑の眼差《まなざ》しを注いだ。

「王城だよ。西宮殿の大広間。セルイラちゃんは、ユダの魔法でここに連れてこられたんだ。それで、俺は君が起きるまで見張っていたというわけだ」

初めて顔を合わせたときと変わらない華やかな笑みを湛《たた》え、ユージーンはただ事実だけを述べていく。それが不気味で、じんわりとまとわりついてくる恐怖を、セルイラは理性的になることで覆い隠した。

「ユージーン様は、なにをご存知なのですか？　なぜわたしはここに連れてこられ、見張られているのでしょうか。それに――」

ノアールはどこなのかと、聞こうとしたとき。

『ユージーン。その子、起きたのならすぐに教えてちょうだい？』

『……。申し訳ありません、ユダ』

こつん、とヒールの音が空間に広がる。

ユージーンの背後から現れたユダに、セルイラは言いかけた言葉を呑《の》み込んでいた。

濃いオリーブ色の髪と、黄金の瞳。垂れた眦《まなじり》をさらに深くさせ、濃い紅が塗られた唇がにんまりと笑う。その顔は、隣に立ったユージーンと、限りなく似た顔立ちをしていたのだ。

（ユダの顔……そうだ、この顔だった）

セルイラの記憶の中で、ユダは二つの顔を持っていた。

一つは、侍女の制服を着た黒髪と黄金の目を持つ素朴な顔の少女。もう一つは、今目の前にいる妖しい美貌の女性である。

セルイラの中でユダの顔が完全に一致しきれなかったのは、この二つの顔で認識がぶれていたからである。それを今、はっきりと確信した。

（この姿が本当のユダ。そして、前世でわたしの前に立っていたあの侍女は）

おそらくユダが姿を変えたものである。推測になってしまうのは、侍女のナディエーナではなく、別の侍女が自分のそばについた経緯までは覚えていなかったからだ。セルイラの侍女はただ一人だけだった。しかし、なぜ侍女の姿を偽ったユダと部屋で二人きりになっていたのか、それは判明していない。

（なによりこの顔。ユージーン様と似すぎている。まさか、二人は）

ある考えに至ったとき、セルイラはユダに顔を掴《つか》まれ無理やり上を向かされた。

『これが、器』

セルイラと、ユダの視線が交差する。

とろりと溶けた眼差しに、セルイラは心臓を握り潰されそうな心地になった。

『そう。この顔、この瞳、この髪。これがよかったの』

（なに、この臭い……）

ツンとした嫌な臭いが漂う。鼻が曲がりそうな臭いは、ユダからきている。彼女が衣服につけていると思われる香水《コロン》の甘さも相まって、吐き気が込み上げた。

『──その娘から離れろ』

耳に届いた声に、すっとセルイラの肩の強《こわ》ばりが軽くなった。

（ノアール）

なんとか体勢を横向きにさせる。透けた髪の隙間から、先にいる彼の姿をセルイラは目に焼きつけた。

大広間の中央奥、小階段を上ったところにノアールは佇《たたず》んでいた。

あらかじめ用意されていたのだろうか。ノアールの近くには古びた壺《つぼ》が置かれており、禍々《まがまが》しい気配に肝が冷えそうになる。

『その娘を、器にすると言ったか』

『ええ』

『そのようなことが、本当にできると思っているのか……？』

『それをこれから、証明するんじゃない』

ノアールは黙り込んでしまう。眉間に皺《しわ》を寄せ、流れるような動きで横たわるセルイラの姿を確認した。

毅然《きぜん》としてノアールは、もう一度ユダのほうを向くと、きっぱりと言う。

『……馬鹿な真似《まね》はよせ。そなたが成そうとしている儀式が、成功することはない』

挑発をしているのか。ノアールの発言は、ユダを確実に苛立《いらだ》たせていた。

『はっ、随分と余裕ねぇ。今までさんざん惨めな生き様を晒《さら》していた男の言葉とは思えないわ！　ねえ、たまらなかったでしょ？　あんたの唯一の物を、あたしが奪い、自死を促し、そしてあんたを恨みながら息絶えていったこと！』

『訂正しろ。物と言うな。彼女は物ではない』

『はあ？　口答えする気？　なにもできずに、ずっとこの城で言いなりだったあんたが、あたしに？　今だってまともに動けないくせに。それに知ってるのよ、あんたがちまちまと馬鹿みたいにあたしのかけた呪術を解こうとしていたことなんて』

『……』

鼻を鳴らしたユダに、ノアールの眉間がぴくりと動く。

『あの二人《子どもたち》の呪いが解けて、良かったわねぇ。嬉《うれ》しい？　でも残念、あたしの目的が達成したらあの二人は用済みよ。あの女と同じように、死なせてあげるから』

『……言いたいことは、それだけか？』

『それだけ、ですって？』

どこまでも余裕そうなノアールの発言に、ユダの瞳孔がカッと開かれる。

（ノアール、あなたは……）

彼はなにを考えているのだろう。

あのように煽《あお》り続けていては、ユダの苛立ちを増幅させるだけだというのに。

『なにを企んでいるか知らないけど、もう遅いことに気づいてる？　あんたの体は、限界なんでしょ。ふふふ、あたしは知ってるんだから。たかが子どものために、どれだけ命をすり減らしたら、そうなるのかしらねぇ』

ノアールを見捉えるユダには、なにか見えているのだろうか。

瞳を細めてノアールの体をじっくりと眺め、喜悦の笑みを浮かべている。

『子どもたちの呪いは解けただろうけど。ノアール、あんたには、誓約があるの。真名で縛った誓約が。たとえ綻《ほころ》びができていようと、絶対にあたしから逃げられない。ねえ、そうでしょ。ルア・ノアール・ロード・クロシルフル』

こつ、と足音を立てて、ユダは小階段を上るとノアールの元に歩み寄った。

ノアールを目の前にしたユダは、手を伸ばし彼の体に触れると、絡みつくようにしなだれかかる。

『ああ……もうすぐ、お会いできます』

熱い吐息を漏らすユダは、酔いしれたようにノアールの顔を見つめながら、ノアールではない別の男に思いを馳《は》せていた。

ノアールはユダの行動に不快感を示していたが、体の自由が利かないのかされるがままとなっていた。

『本当はすぐに殺してしまいたかった。でも、あんたは憎いくらいあの人に似ているの。だからねぇ、今日まで殺さないであげたのよぉ。あの人の魂を移す器に、ちょうどよかったから』

「器……？」

先ほどからユダが繰り返し唱えている、器。

それがなにを示すものなのかわからないが、嫌な予感がする。

「なにがなんだか、人間のセルイラちゃんにはわからないだろうね」

横に片膝をついたユージーンは、セルイラの顔をそっと覗《のぞ》き込んだあと、ユダに目を移した。

ノアールから手を離したユダは、次に壺を掲げると恍惚《こうこつ》とした表情でそれを一心に見つめていた。

こちらの会話に気づいている素振りはない。

「巻き込んでしまってごめん。だからせめて、理由を知ってから、その体をユダに捧《ささ》げて欲しい」

ユージーンは、おとぎ話を聞かせるような静かな声音で語った。

「俺の生みの母は、人間だった。しかし、人間の世界で婚約者に裏切られ、傷物とされたせいで魔族への生贄《いけにえ》となった」

当時、人間の需要があった魔界では、各地で魔界と人間界を繋《つな》ぐ召喚魔法陣を敷き、そこから人間の娘を召喚していた。

ユージーンの母親は、村の生贄として召喚魔法陣が浮かんだ泉に投げ込まれた。

しかし、彼女が召喚されたのは魔獣が住まう森。座標がずれ、身一つで迷い込んだ彼女は、魔獣によって体を食いちぎられ、なぶられ、死の間際に立たされた。

「そこへ、魔族の男が現れた。男は瀕死の彼女に近づいて、ある秘術を使った。己の力の半分を与えることで半身を魔族と化させ、彼女を生きながらえさせたんだ。そして半分が魔族となった彼女は、半魔となった」

半魔。湖畔に現れたユダも言っていた。半魔は、人間から半分魔族となった者を指す語意だったのだ。

「半魔となった俺の母は、その男に深く心酔していった。男にとっては遊び感覚で秘術をおこなっただけに過ぎないのかもしれないが、彼女は誠心誠意尽くし慕った。その男の名は――ジグデトス・クロシルフル。第六代魔王にして、長きにわたる圧政の末、実の息子に殺された男だ」

喉がひゅっと渇いていく。セルイラはその名を知っていた。

前世で魔王の妻になったため、歴代魔王を教養の一環として教えられたのである。しかし、当時は第六代魔王について語るものは限りなく少なかった。それは第六代魔王を弑《しい》したのがノアールであり、その後の魔王教育の末にノアールが第七代魔王の座を手に入れたからである。

それを聞いた前世のセラは震え上がり、しばらくの間はノアールのことを恐れていた。

「で、そんな男と彼を心底慕う母親との間に生まれたのが、俺というわけ」

（え……？）

初めて知る事実に、セルイラは驚愕《きょうがく》する。

その話に偽りがないのなら、ユージーンは前魔王の息子。つまり、ノアールと腹違いの兄弟ということになる。前世ではそんな話を聞いたことがない。ましてやユージーンは、アルベルトの一番親しい友人だったはずだ。一体いつ、どうやって現れたのだろう。

セルイラの疑念をよそに、ユージーンは話を続けた。

「……ジグデトスが生きる上ですべてだった彼女は、魔王ノアールを殺したいほど憎んだ」

第六代魔王ジグデトスの死から百年が経過した頃、魔王は一人の人間の娘を妻にする。王子と王女が生まれ、無骨な魔王が穏やかになったというのは民にも届いていた。

そして、魔王の弱みでもあったそこに、つけ入る隙を彼女は見出《みいだ》したのである。

「無敵といわれた魔王ノアールは危険因子を殲滅《せんめつ》し、第七代魔王の称号のもと、魔王らしく魔界を統治していた。だけどね、そんな彼が——一度だけ敗北したことがある。なんだと思う？」

そこまで聞かされて、セルイラは話の続きを悟った。ユージーンがなにを言いたかったのか、ようやく明かされる。

「そう、それはね――真名を強いた絶対服従の誓約を結んだことがすべての始まりさ。誓約によって支配された彼は、愛する人と離れざるを得なくなり、最終的には失った。しまいには子どもたちすらも呪術によって囚《とら》われの身にさせてしまった。それが、魔王ノアールの敗北。そして……それを実行したのが、俺の生みの母親であるユダだ」

そういうことだったのかと、セルイラは唖然《あぜん》とした。

二百年前、ノアールがセラを人間の世界に帰した理由。一方の意思ではなく両方の意思があってこそ結ばれた誓約は、ノアールの自由を奪った。

ユダは、ノアールが孤独になることを望んでいた。セラを故郷に戻し、アルベルトから距離をとり、公務以外では姿を見せなくなった。それらすべては、ユダによって仕組まれていたことだったのである。

「君が関係してくるのは、ここからだ」

そうしてユージーンから伝えられたことに、セルイラの身の毛がよだつ。

ユダには、ノアールを貶《おとし》めるほかに重大な計画があった。

それは、ジグデトスの魂を再び蘇《よみがえ》らせ、ノアールの体を依り代に復活させるということ。加えて半魔としての寿命が尽きかけているユダ自身も、選んだ健康体を器にして魂を移すというものである。

「君を殺して心と魂を、体から完全に切り離す。体だけとなった君を、ユダが乗っ取るんだ」

「……どうして、わたしなんですか」

「それは……最終的に、ユダが君を選んだから」

ユージーンはセルイラの疑問をすべて話し始めた。

人間の母親を持つアルベルトは、人間の女性に関心を抱いていた。そんな彼の心情を知っていたユージーンは、アルベルトに「試しに嫁候補として招待してみればいい」と働きかけた。

アルベルトはユダに不信感を持っており、彼女のことを裏で探っていた。その目くらましとしてもちょうどいいと考えたアルベルトは、ユージーンの提案に乗ったのである。

しかしそれも、ユージーンの思惑のうちだった。

「書簡の内容……変だとは思わなかった？　健康体であるとか、容姿端麗とか、貴族の中からだとか。あれね、俺がアルベルトに言ったことなんだよ。条件なんてどうでもよかったアルベルトはすんなり承諾してね。……本当に、俺の言うことなら聞いちゃうんだよね、昔から」

ユージーンはひどく寂しそうに笑った。二人は仲の良い友人同士だと、はたから見たセルイラも感じていた。憎まれ口を叩《たた》くほど、互いに気を許しているのだと。

それすらも、ユージーンは利用したのだ。ユダの器には健康体が必要で、容姿は醜女《しこめ》をユダが許さなかったから、貴族の中と限定したのは、人間であったとき貧民だった自分と重ねたくないという思いからだという。

「確実に、その花嫁候補となった令嬢たちを、魔界へ寄越すように根回しをすること。器を探していた彼女にとっては、またとない好機だったんだよ。だから俺が精神魔法で操った」

ユージーンはオーパルディアに向かうと、城に勤めていた数人の臣下の意識を奪った。

魔界から送られてきた書簡の対処、そして令嬢たちの選定について決議がおこなわれていた重要な場で、ユージーンは臣下らを操り多数票になるよう仕向けたのだ。

元々、オーパルディアに反抗する意思がないとはいえ、念には念を入れる必要があった。

操られた臣下たちは、数日が経《た》てばまた自我を取り戻す。意識を奪われていた間の記憶は一切覚えておらず、ユージーンには都合のいい魔法だった。

「そして、アルベルトの花嫁候補の令嬢たちの中から、ユダの器の候補を選ぶのが、俺の役目だった」

衣服に寸法があり、人によって合う合わないがあるように、器を選ぶためには条件が存在した。

「確かめるには、双方の血液を合わせることで判断ができる。そしてセルイラちゃん。君が……一番にユダの血と、交わった」

「わたしの、血……？　そんなの一体どこで――」

咄嗟《とっさ》にセルイラは、言いかけて止めた。

それほど長い期間を魔王城で過ごしたわけではない。

順を追って思い出せば、いつ自分が怪我《けが》をしたのか突き止められる。

「まさか……」

セルイラは、恐る恐る触れた。自分の首筋に。それからユージーンをきつく睨《にら》みつけた。

「ユージーン様、だったんですか。夜会のとき、グラスをわたしとアメリアに魔法で投げつけたのは！」

夜会に参加していた魔族の少女たちが、嫉妬のあまりセルイラとアメリアにグラスを飛ばした。

セルイラが肌を傷つけ血を出したのは、あの夜会のときだけである。

「……否定はしない。ただ、一つだけ訂正するなら、主犯は間違いなく彼女たちだったよ。隙を狙って君の首筋にガラスの破片を当てたのは、俺だけどね」

もうユージーンは、隠すことも取り繕うこともする気はないようだ。

彼の顔には、あきらかな罪悪感がある。

だからこそ、セルイラの怒りは募っていった。

「どうして、そんなに悪かったと今も思っているならば、どうしてユダに、手を貸しているんですか！」

声を荒らげて、セルイラはユージーンに言葉を投げる。

ユージーンの瞳が、ほのかに揺れた。

「それは彼女が、どう足掻《あが》いても、俺の母親だからだ」

「な――」

「セルイラちゃんには、わからないよね。魔族には、人の心の香りを判別する能力がある。そして、この城で初めて彼女を目にしたとき、どうしようもない心地になった」

「心の、かおり？」

そんなことを、ミイシェも言っていた気がする。

「色々な感情が湧き上がった。中でも一番に感じたのは、彼女に対する同情だった」

「だから、協力をしているんですか……？　そんな、そんなの……」

普通に考えれば、気がおかしいとしか思えない。

しかし、セルイラはそうだと言うことができなかった。

自分には、ユージーンが言うような心の香りというものがわからない。

ユージーンがそれによって、どう思い、どう考え、加担する道を選んだのか、想像することすら難しいのだ。

（だけど……）

セルイラは、ぐっと奥歯を噛《か》み締める。ほとんど床にひれ伏した状態のまま、ユージーンを見上げた。

「――アルベルトは」

「え……？」

「あなたは、アルベルトの一番の友達なんでしょう。アルベルトは、あなたに気を許しているみたいだった。生意気で、言葉足らずで、行きすぎてるところもあるけど……あなたが叱っていたとき、ちゃんと聞いていたわ」

「セルイラちゃん？　なぜ、アルベルトのことを」

セルイラの口調が変化し、ユージーンは戸惑いを見せる。

セルイラが素に戻ったというよりも、アルベルトに対する彼女の姿勢に違和感を覚えたからだ。

「アルベルトは口には絶対に出さないけど、きっとあなたを大切な友達だって心から思っていたはずだわ。アルベルトのことも、ずっと、ずっと騙《だま》していたの？　アルベルトの一番近くにいたのは、都合が良かったから……？」

「……っ」

たまらなく悲しくなってしまった。

セルイラは二百年前に命を落として、ノアールは誓約によって子どもたちを避けていた。

アルベルトは、きっと寂しかったはずだ。

しかし、ユージーンを前にしたときのアルベルトは、自分で気がついているかわからないが笑っていた。

彼の存在は、アルベルトにとっても大きかったに違いない。

憎まれ口を叩いたり、つっけんどんな対応もしていたが、メルウとはまた違った気の緩みがユージーンを前にするとあったのだから。

そばにいることができなかったセルイラが、偉そうに言える立場ではないのかもしれない。

それでも、アルベルトの顔を思い出すと、自分を制止することができなかった。

「ユージーン様にとって、アルベルトは、どうでもいい存在だったの……？」

セルイラの言葉に、ユージーンの顔には後悔にも似た感情が浮かんだ。

「ユージーン様……」

彼に声をかけたところで、薄暗かった大広間に突然光が差し込んだ。

『ああ、やっとだわぁ！　ようやく待ち望んだ儀式が、おこなえるのよ！』

耳に響く哄笑《こうしょう》を辿《たど》ったセルイラは、そこに立つユダの姿に目を見張った。

感極まった声をあげながら、ユダはノアールを仰向けに押し倒していたのである。

（ノアール！）

大広間の段差の天井は、ガラス窓でできている。ちょうど空の真ん中に昇った満月が、覆っていた雲から顔を出し地上に光を送っていた。

それを待ち望んでいたユダは、銀の長剣を手にノアールの上に覆い被《かぶ》さった。

ノアールは誓約によって動きを封じられているのか、抵抗の意を示さない。

（このままじゃ……）

どうすれば、助けられる？　どうすれば、救える？　どうすれば――。

――聞こえるか？

「……っ⁉」

ビクリとセルイラは体を震わせた。

声がした。頭の中から、ノアールの声が。

（ノアールなの？）

自分は声を返すことができない。これは、念話だ。

――このような事態に巻き込んでしまってすまない。怖い思いをさせてしまっただろう。もう少しだけ、辛抱して欲しい。

頭に流れるノアールの声は、セルイラを優しく気遣い、慰めているようだった。

あまりにも穏やかな声音で話すので、セルイラの目元には涙が浮かんでしまう。

――もうすぐで、終わる。私を、信じてくれ。

ノアールの声は、そこで途切れた。

（終わる？　……終わるって……まさかっ）

ノアールの念話に違和感を覚えたセルイラが、力を振り絞って体を起き上がらせたときだった。

『死ね、ノアール‼』

ユダの持つ剣先が、ノアールの心臓目がけて振り下ろされる。

一寸の狂いもなく、息の根が止まる場所へ。

「やめて‼」

そのとき、ぴちゃん、と、音が鳴った。

夢か幻か、セルイラの視界には、透き通る色の美しい糸があった。

それは一切の絡まりもない。セルイラとノアールを結ぶように、真っ直《す》ぐに二人を繋いでいた。

——それなら、運命にかけようか。

——心が互いを求め続けているのなら、必ず巡り合える水神の糸を。

これは、誰の声？


気がついたときには、燃えるような疼痛《とうつう》が、セルイラの右胸にあった。

「……ご、ふっ……っ……」

セルイラが咳《せ》き込むと口から血が溢《あふ》れ、下敷きになったノアールの頬にぽたぽたと滴り落ちる。

『な、にを……』

耳鳴りを起こしていたが、掠《かす》れたノアールの声はしっかりとセルイラに届いた。

制御された体を無理やりに動かしたノアールは、セルイラの手を自身の手で包み込むように握る。

余った片方の手は、長剣が貫通する傷口に添えられており、回復魔法をかけようとしているのがわかった。

そのように体が勝手に動いていても、ノアールは目の前で起こっていることに頭が追いついていない様子である。

それは、ユダも、そしてユージーンも同様に。

「セルイラ、ちゃん……？」

『ちょっと、なによ。どういうこと⁉　ユージーン！　なんであたしの器が、動けてるのよ⁉』

耳障りな高音がするが、セルイラにはどうでもよかった。

ただ、目の前の人の無事を確認することだけ。それが痛みで気を失いそうなセルイラを、突き動かしていたのだ。

『——ごめ、なさい。汚し、ちゃった』

セルイラは、がくがくと震える青白い手を、ノアールの頬へと持っていく。

自分の吐いた血が、ノアールについている。それを申し訳なさそうに、弱々しい圧力で拭った。

こぷこぷと、剣が刺さったセルイラの体からは、とめどなく血が流れていた。

一度自分の体に視線を下降させ、ノアールの体に刃が触れていないことを確認すると、セルイラは心からの笑みを浮かべた。

『ごめんな……さい……ノア。あなたがしようと……していること……わたし、どうしても……止めたくて』

瞬《まばた》きもなく、これでもかと開かれたノアールの瞳。美しい紫が、セルイラの姿を反射させていた。

ただ目の前のセルイラだけを見つめて固まるノアールに、セルイラは再び悲しそうに微笑《ほほえ》む。

もう、うんざりなのかもしれない。

独りで抗《あらが》い続けて、独りで耐え続けて、あなたは護《まも》ってくれていた。

もう、疲れてしまったかもしれない。

それでも自分は、後悔したくないから。

『……ノア、わたしは……あなたに生きていて、欲しい』

そう呼びかけたノアールの目から、朝露のような光がこぼれ落ちる。

同時に、巨大な爆発音がした。石壁が崩れ落ちてきたかと思うような、轟音《ごうおん》。

それはアルベルトの魔法によって、大広間の扉が崩壊したことを知らせる音だった。

＊＊＊

セルイラとノアールの戻りが遅く不審に思っていたアルベルトは、西宮殿から凄《すさ》まじい魔力の気配を感じて大広間の扉の前まで来ていた。

『よし、開いた。行くぞメルウ！』

『はい。おそらくお二人はこちらに……！』

正確に言えば壊したというのが正しいが、扉を開けたアルベルトは、メルウと共に大広間へ入っていった。

一歩、足を踏み入れた瞬間、ただ事ではない空気にアルベルトとメルウは、立ち止まる。

『……は？』

無惨な光景を前に、アルベルトは自分の目を疑った。

小階段の先の黒い床に、赤黒い色で描かれた魔法陣。

その中央には、ノアールと――背中から右胸を長剣で刺された血だらけのセルイラがいる。

そんな状態のセルイラを、ノアールは腕に抱いていた。

『なんだ、これ。どうなって』

『ママ！』

入り口から声を張り上げたのは、涙で顔をぐしゃぐしゃにしたミイシェだった。

悲痛な叫び声が、空間にこだまする。

ユダは、ミイシェの発言に顔を歪《ゆが》ませた。

『……ママ？』

『いけません、ミイシェ様！　言われたでしょう！　危険だからお部屋で待っているようにと！』

『……でも、ママが……あれ、ママの血が！　ママ……！』

ニケはミイシェを取り押さえるが、セルイラの惨状を目のあたりにすると、顔を青くさせた。

尋常ではない血の量。床を徐々に侵食していく赤い血は、セルイラの命の危機を報《しら》せていた。

『——おい』

誰もが動けずにいる中で、真っ先に動いたのはアルベルトだった。

魂を半分抜かれたような、目の前の光景に呆《ほう》けた顔をするアルベルトは、表情を変えることなく周囲を確認する。

『なにがあって、そうなった？　なんで、刺されてる？　どうすれば、そうなるんだ？』

『ああ、ああ……また邪魔が』

計画が狂ってしまったからだろう。ユダは自分の髪を掻きむしりながら、ブツブツと小言をこぼしていた。

『——その髪に、顔は』

ユダの姿にアルベルトは目を見張る。

眉を引き絞らせ数秒間だけ考え、その後アルベルトはどこか納得したように言った。

『ようやく面が見られたと思ったら、なるほどな』

『――ああ、アルベルト。こうしてあたしの顔をちゃんと見るのは、初めてだった？　ふふ、そんなに見ないで恥ずかしいわぁ』

頭のネジが一本外れたような、陽気なユダの声にアルベルトは露骨に顔を顰《しか》めた。

『アルベルト。お願いだから、大人しくしていて？　もうすぐ、儀式が完成するんだから。ねぇ、いい子だからね』

『俺の名を気安く呼ぶんじゃねぇ。てめぇは黙ってろ。クソババア』

アルベルトは、冷めた瞳をユダに向け、手をかざした。

『ギャアア！』

一切の手加減なく、アルベルトはユダに炎を放った。アルベルトの魔力と同じ色をした青い炎は、ユダの体を直撃し、衝撃に押されて壁に叩きつけられた。

『メルウ』

アルベルトがメルウに目配せをする。

『かしこまりました』

アルベルトの合図で、メルウはユダを捕縛すべく動いた。

『……っ！』

『おい、待て。なに動こうとしてんだ。てめぇに聞いてんだよ』

ユダの元へ駆け寄ろうとするユージーンを、アルベルトが止めた。

一歩でも動いたら許さない。アルベルトの瞳は本気だった。

『ユージーン……お前は一体、なにをしてるんだ？』

『……それは』

『聞きたいことは山ほどある。お前とあの女の関係もな。その前に、これだけは答えろ』

怒りが頂点に達したアルベルトは、抑えが利かず体中から魔力を溢れさせている。

ごき、ごき……と、手を組んで関節を鳴らす。そしてもう一度、右の手に青い炎を出現させ、ユージーンに尋ねた。

『………俺の母さんが、あんな怪我を負ってる理由は、なんだ!?』

＊＊＊

セラ――と、ノアールが呼ぶ。

セルイラの奥底が、じんわりと温かな感覚に包まれる。

名を呼ばれるだけで、こんなにも泣きたくなるなんて。嬉しさで溢れそうになるなんて思ってもみなかった。

『……ノア』

ノアールの瞳からわずかにこぼれた涙を、セルイラは片手をあげ指で掬《すく》いとる。

負担がかからないようにセルイラを仰向けに抱き起こしたノアールは、その強い眼差しを一心に注いでいた。

『わたしが、生まれ変わったこと、伝えたばかりなのに……』

だんだんと……セルイラの呼吸に、雑音が混じり始めた。

背中から右胸にかけて一突き。刺されたままの剣を抜けば、今の比ではない量の出血がセルイラを襲うだろう。

言葉を紡ぐたび、セルイラの全身に激痛が走り続ける。

足元から伝わる冷ややかな温度は、徐々に体温を奪われているのだと悟った。

震える手で、ノアールの頬を包み込む。

（あ、れ、痛みが……なくなって、きた？）

激痛の次に待っていたのは、神経の喪失だった。それはつまりセルイラの時間が、もう残りわずかとなっていることを意味している。

『わたしはね、ノア――、ごほっ‼』

セルイラの口から、またしても血がぼたぼたと溢れ出る。

その美しい蒼《あお》い瞳に、影が差し始めた。

『ママ……』

ぽーん、と。ピアノの一音のような幼く柔らかな声音に、セルイラは応える。

『なあに、ミイシェ』

こぼれ落ちそうなほどに瞳を広げたミイシェが、すぐそこに立っていた。

ニケに肩を支えられるようにして佇むミイシェは、パタパタと足音をさせてセルイラの横に両膝をついた。

『ミイシェ……ごめんね、さっき、あなたを抱きしめてあげられなくて』

『ママ、だめだよ。喋《しゃべ》っちゃ。まっててね、ミイシェがすぐに、ママの怪我を治すからね』

嗚咽《おえつ》混じりの声がミイシェから漏れる。

ぶんぶんと首を横に振り、ミイシェは両手をセルイラの体に押し当てた。

セルイラの傷口がほんのりと光を帯び始め——けれどそれは、すぐに消えてしまう。

『あれ？　なんでだろう？　もういっかい……』

しかし、結果は同じだった。

『……ど、して？　どうして？　どうしてママの傷、治らないの!?』

何度も、何度も、ミイシェは魔法を起こす。光っては消え、光っては消え、光っては……また、なんの変化も起こらないまま灯火《ともしび》のように消えた。

『やだ、やだ！　ママ、ひっ、ぐ……なんでぇ……』

すでにセルイラの鼓動は、少しずつ刻み方を忘れ始めている。もう回復魔法で治せる域を超えてしまっていたのだ。

魔法が一切効かないことを、ミイシェは悟った。

『ミイシェ』

泣き出してしまうミイシェの頬に、セルイラは優しく触れる。

愛《いと》しい我が子を撫《な》でると、ミイシェはさらに大きな声で泣き出してしまった。

『どうして、こうなっちゃうの……？　やっと、ママに逢《あ》えたのに……パパに、逢えたのに……っ、アルベルトおにいさまに、みんなに、やっと逢えたのに！　どうしてママが、こんなことになるのっ！』

駄々をこねる子どものように、ミイシェは誰に言うでもなく声をあげる。

少女の叫びは、そうなろうとしているセルイラの運命を拒否しているようだった。

『……ミイシェしってるよ。悪いことするひとが、神さまから罰をうけるの。ママは、なにも悪いことしてない……ママはなにも悪いことしてないのっ！　なのに、なんで、ママなの！　ミイシェのほうが悪い子だよ！』

『ミイシェ……』

ミイシェの頬に添えられていたセルイラの手を、ミイシェはぎゅっと抱きしめるように握る。

ガラス玉の如《ごと》く大粒の涙を流すミイシェに、セルイラは小さく「ごめんね」とつぶやいた。

『どうしてママがあやまるの……？　あのね、ミイシェね、ママがいなくなっちゃうなら、ほかの人が代わりになればいいのにって思ったの！　ミイシェ今思ったから、ミイシェ悪い子だからっ、ミイシェのほうが悪い子だから。だからママとこうかんこして！』

『……ミイ、シェ』

『ママがいなくなったら、ミイシェがずっと叶《かな》えたかった、家族じゃないの！』

セルイラはくぐもった声で「こんな優しい子には、罰は当たらないわ」と言った。

もしもミイシェの言葉で罰が落とされるならば、セルイラは全力で、その罰とやらを否定するだろう。

『お前は悪い子になれないだろ、ミイシェ』

ミイシェは弾《はじ》かれたように顔を上げる。

ユージーンと対峙していたはずのアルベルトが、セルイラたちを見下ろしていた。

アルベルトの背後、そう遠くない位置にはユージーンが呆然と立っている。

なにをするでもなく、己が犯した事の重大さを噛み締めているのか、拳を握って硬直していた。

『アルベルト……』

『父さん、なにやってんだよ』

強がりから出た空笑いが、とても痛々しい。

セルイラはアルベルトに、無理して笑わないでと言いたかった。

そっと、アルベルトはセルイラの傷口に手をかざす。ミイシェと同じく回復魔法をかけようと魔力を込めるが、輝きは跡形もなく消えてしまった。

『アルベルト……アル、ありがとう。わたしのこと……』

『あんたが母さんだって言うなら、教えろよ。俺がガキの頃、一番初めに覚えた魔法はなんだ』

『……。水の、魔法。動物の形を、作ってた』

セルイラが答えると、アルベルトはくしゃりと顔を歪ませた。

『……んで、だよ。元はと言えば、俺があんたを魔界に連れてきたから、こうなったんだ。馬鹿みたいに焦って、花嫁候補なんて召喚しなければ、少なくともこうなることはなかったんだ』

ぼんやりと思考を彷徨《さまよ》わせ、セルイラは「そんなことない」とつぶやく。

できることなら、涙を滲ませた強がりなあなたを、自分の両手で慰めてあげられたらよかった。

「げほっ、げほっ」

『セラ……！』

呟き込むセルイラのこめかみに額を寄せ、肩を抱き寄せたノアールは名前を懸命に呼びかけた。

『ノア……聞いて』

途切れ途切れとなったセルイラの声。舌もうまく扱えず、ぼそぼそとお粗末な音しか出てこない。

セルイラの体を抱き寄せているノアールにしか、言葉が拾えないほどに。

『ミイシェが、ミイシェがママの、代わりになるからぁ……』

『お前じゃなくて、なるなら俺だ』

『おにーさまのばか！　ミイシェだよ！』

『俺だって言ってんだろ！』

不謹慎にも、二人の子どもは言い争いを始めてしまった。

こんなときに……こんなときだからこそ、なのかもしれない。

『………ノアも……』

『なに？』

『わたしのこと、必要としてくれる？』

そう尋ねると、セルイラの頭部に確かな温度が触れた。

ノアールの指先が、セルイラの髪の隙間をすり抜ける。

『今も昔も変わることは、ない』

紡ぎ出す感情が、ノアールの唇からこぼれ落ちた。

『あなたは、私のすべてなんだ……っ』

あなたがいたからこそ、大切な存在を見つけることができた。あなたがいたからこそ、世界が彩りに満ちた。あなたがいなければ、愛おしい我が子に出会うことすら叶わなかっただろう。

『……う、ん。わたしも、あのとき………あなたに、言いたかった』

二百年前の、別れの間際。

押し潰されそうな思いの渦の中。あの瞬間、目の前の彼に、本当に伝えたかったことは一つだけ。

わたしは、ノアが。

あの日のわたしが言えなかった、告白。

『わたしは、ノアを、愛している』

ああ、やっと、あなたに言えた。

――セルイラの意識は、そこで途絶えた。

静寂が辺りを呑み込んだ。

誰もが声を発せずに、たった今、息を引き取ったセルイラの姿から目をそらせずにいた。

こんな結末を、誰が望んだというのだろう。

体に伝わるセルイラの熱が、失われていくのを感じる。

ノアールは、今すぐにでも自分を、自分の手で殺してしまいそうになった。

『………あは、あはは！　なに、死んだの？　だったら早く、あたしに寄越しなさいよ』

息を潜めていたユダが、メルウに拘束された状態で笑い声を響かせる。

『…………』

ノアールは、考えた。

今ならば、自分のすべてを投げ出して、ユダの命を奪える。

残されていた魔力と寿命を使い、弱まった誓約をこの体ごと消滅させ、ユダを巻き込んで殺《あや》めることができるはずだ。先ほどノアールは、それを実行しようとしていたのだから。

しかし、己の胸の中で事切れたセルイラを置いていくことが、どうしてもノアールにはできなかった。

――大丈夫。君たちの願いはすべて、届いているから。

ぴちゃん、と響く、水の音。

セルイラの体が、眩《まばゆ》い輝きに包まれた。

＊＊＊

愚かな人の子だと、彼は水底に沈んだ娘を見下ろした。

うっすらと開かれた瞳に、すでに生気は感じられない。

娘は自ら身を投げ、そして命を落としたのだ。

「ああ、本当に愚かな人間だよ。そんなに彼が……魔王が好きだった？」

彼は、水中で眠るように体を横たえる娘を優しい水の膜で包み込んだ。泣き腫らした目がとても痛々しい。

……心優しい娘だった。

運命に翻弄され、人間と魔族の間で心を痛め、それでも強い決意をしたのだ。

娘は魔王の妻として、そして魔王の血が流れる子どもたちの母として生きることを選択した。

それなのに、なぜ娘は命を落としてしまったのだろう。

彼は水の膜に守られる娘の額に手を伸ばした。

ほんのりと放たれる手のひらの光が消えると、彼は悟ったように表情を曇らせる。

「まったく……君たちは本当に」

片方は絶望し命を落として、片方はその罪を背負いながら誓約に縛られているのだ。

ヒトとは、なんて愚かで、脆《もろ》く、儚《はかな》いものなんだろう。

「それなら、運命にかけようか」

もし自分のおこないがさらに娘を苦しめることになったとして、運命を恨んだとして、天を憎んだとして。

「これはすべて、水神《僕》のきまぐれだから」

水神である彼は、退屈な水中から顔を出した海辺で、村の少年たちに生け捕りにされてしまった。すぐに逃げられはしたが、彼は流れのままに身を任せていた。理由は単純、ただのきまぐれだった。

なにも初めてのことではなかった。水神は前にも一度、似たような経験をしたことがある。いつの時代だったかは覚えていないし、神にとっては重要でない。同じく海の生物に擬態し、ふわふわと水中を漂っていたら遊び半分に漁をする子どもたちに捕まったのだ。

生きるために命を奪うのは、生物に共通する行動原理である。だが、どの時代においてもその場しのぎの遊戯のために命を弄ぶのは、人間が圧倒的に多かった。

恨みも憎みもしない。なんの感情も抱くことはなかった。どんな人間も水神にとってみれば等しく人の子なのだから。

海水を操り波を立たせ、水神は少年たちから離れていった。

それが水神の経験した、人の世で起こった初めての出来事だった……そうして二回目も、似たような状況だと考えていたときである。

彼を助け出したのは、赤錆《あかさび》色の髪をした年端もいかない少女だった。日差しをたっぷりと浴びてできた頬のそばかすを少年たちに馬鹿にされながらも、少女は必死に守ってくれていた。

「もう、こんな浜辺に来たらダメだよ。わかった？」

解放された彼を優しく撫でた少女は、とても可愛《かわい》らしい笑顔をしていた。

こんな人間もいるのだと、水神は少女に興味を抱いた。

水中に長らくいるのもつまらないと、その日を境に、彼は頻繁に少女の前に姿を現した。ときには海の青いイルカ、ときには泉の青い魚、ときには空の青い鳥となり、少女のそばへ訪れた。

少女はなにかを感じ取っていたのかもしれない。頻繁に現れ出した青い生き物について思うところがあったのだろう。少女は不思議に思いながらも青い生き物が現れたとき、快く受け入れていた。

「人間の生きる時はほんの一瞬だというのに、彼らのいない世界で生きるくらいなら、君は死を選択するんだね、セラ」

この胸が熱くなる感覚はなんなのだろう。

——悲しいのか？

水神である自分が、ただひとりの人間の娘が死んだだけで、胸を痛めているというのだろうか。

「僕は、ゆるさないからね」

君の心が、魂が、なくなるのはゆるさない。

「彼が君を手放して、君が自分の命を投げ捨てたなら、このあとは僕の好きにしたって、構わないはずだよね？」

だって僕は、皆に崇《あが》められる水神だから。

「僕は君たちの運命の行方を見たいんだ。だから……君の魂は水に溶かしてあげない」

代わりに、君たちがまた巡り合える可能性を残して、水神の糸で繋げてあげる。

「あらら、やっぱり少し絡まっちゃうか」

水神の糸はふたりの心を繋いだ。けれど、ところどころ絡まっている。

それは水神でもほどくことができなかった。いわゆるこれは、運命に立ちはだかる障害とでもいうやつなのだ。彼らにとって立ちふさがる大きな壁でも、神にとってはただの糸の絡まりにしか見えない。

「さて、僕は君の行く末を見守るよ」

彼女が生まれ変わるのは、一体いつになるのだろう。それは神にもわからない。

十年、二十年、それとも数百年後？　もしくは数千年とかかるのかもしれない。

彼女の新たな誕生を待たずして魔王の寿命が尽きれば、水神の糸はそこで途切れる。

けれど、彼らの心が互いを求め続けているのなら、必ず巡り合える水神の糸。

「ねぇ、セラ。僕は楽しみにしてるよ」

君がまた、この世界に生まれてくることを。

彼女は神の歪んだきまぐれ《好意》により、前世の心を持って生まれ変わった。

セルイラ・アルスターとして。


『アオ！　今日もご飯貰《もら》ってきたよ』

生まれ変わった彼女は、相変わらず動物に優しかった。

青い鳥に擬態する彼は、王城の書庫に通うセルイラをずっと見守っていた。

——そう、ずっと。

セルイラは一度、命を落としかけたことがある。

彼女が赤子の頃、貴族であった両親と共に土砂崩れに巻き込まれた。そして両親は土砂に埋もれて助からなかった。

川に流されたセルイラは、水神の加護によって岸辺へと運ばれ奇跡的に助かったのだ。

それから早くも十数年。セルイラは誰もが羨む美姫へと成長を遂げた。

なんの不便もない生活、また容姿に恵まれながらも、セルイラが心の底から笑ったことはない。

その理由はセルイラ以上に、彼も知っていた。

『未練がましいって、あなたは笑うのかしら』

誰も訪れない第四資料庫の中。セルイラは問いかけるように言葉を発する。

『……二百年後のわたしは、こんなにも空っぽなのね』

前世に縛られた自分を卑下するセルイラ。彼女の心がいつまでたっても満たされない。

──セルイラ《セラ》、僕はただ、君に心から幸せになって欲しい。

＊＊＊

セルイラが目を開けると、そこは水の底だった。

ごぽごぽと、口内からこぼれ出た息が気泡となって見えない水面へと昇っていく。

呼吸はしていない。けれど苦しくはなかった。水の中だというのに恐れは一切感じず、むしろ穏やかな気持ちがセルイラを満たしていた。

(わたし、刺されなかった……？)

自分の右胸に目を落とすが、貫通していたはずの剣の先はなかった。

怪我もしておらず、体の痛みは感じない。ここまで状況を確認して、セルイラは「ああ……」と声を漏らした。

(わたし……死んだのね)

最後に覚えているのは、ノアールに告げた「愛している」という言葉。

そこからのセルイラの記憶は途切れているので、自分の命が尽きたのだろうと察する。

色々と突っ走った結果……ノアールの危機を間一髪で防ぐことはできた。けれど自分は、死んでしまったのだ。

(………)

セルイラは、両膝を抱えてうずくまった。

ここは水の中。丸まったセルイラは、ふわふわと水中を漂うように浮かんでいる。

自分が死んでしまったのなら、ここはどこなのだろう。セラであったときは、このような死後の世界を目にすることはなかったはずなのに。

「死にたく、ない」

セルイラの声は、こぽこぽと溢れる水泡の音にかき消された。

そんなときである。

——チチッ、という可愛らしい鳥の鳴き声が、耳に届く。

セルイラが顔をわずかに上げると、そこには青い翼を羽ばたかせた小鳥が、パタパタと飛んでいた。
（アオ）
ここにアオが現れたことに、セルイラは少しも驚きを見せなかった。

この不思議な水の空間に、アオが現れる理由。さすがのセルイラも、彼の正体には気づいているのだ。

まるで水の中を泳ぐ魚のように、滑らかな動きで青い小鳥は飛行する。

伸びやかな羽ばたきでセルイラの目の前までやってくると、小さく「チュン」と鳴いた。

「……」

つぶらな瞳が、セルイラをじっと見つめている。小鳥は、セルイラが口を開くのを待っているようだった。

「あなたが、水神様だったのね。——アオ」

青い小鳥に向かって名を告げる。すると小鳥は、嬉しそうに鳴いて、その姿を変えていった。

淡い光を放つ水の膜に包まれながら、小鳥は徐々に体の形を変化させていく。

ぽこぽこ、ぽこぽこと、空気を孕《はら》んだ雫《しずく》は、煌《きら》めく星々の光のように、青い鳥だった者のそばを浮遊していた。

「……やぁ、セラ」

雫が弾け、水の膜から現れたのは、一人の青年だった。

白に近い水色の長い髪は、おそらく彼の身長ほどあるだろう。透き通る銀色の瞳は、セルイラを優しげに見つめていた。

＊＊＊

――セルイラが命を落とした、まさに数秒後のことである。

『……！』

ノアールの腕に抱かれたセルイラの体が、淡い光に包まれた。

冷たく硬直したセルイラの体は、少しずつ温かみを取り戻していく。

青白い唇はほんのり桃色に色づき、頬にも赤みが差し始めたのだ。

『な、んだ……!?』

『ママ……！』

アルベルトとミイシェが、同時に声をあげる。

『…………あっ、ママの、怪我が！』

ミイシェが指さしたのは、セルイラの右胸に刺さる剣。

深々と体に残る刃は――セルイラを覆う光に反応するように音もなく消えていく。

剣だけではない。致命傷となっていたセルイラの傷口が、どんどん塞がり始めたのだ。

ところどころ血で汚れた肌も、浄化されるように綺麗《きれい》になくなっていった。

「……」

ふっ、と――セルイラの唇から、浅い息が吐かれた。肩が上下に揺れる。呼吸が再開されたのだ。

「……ん、んん」

呼吸の合間に出たセルイラの声に、皆は瞠目《どうもく》する。

眩く神々しい輝きが弱まると、セルイラの怪我は――完全に治っていた。

「……アオ……」

セルイラの瞼《まぶた》が、ゆとりのある動きで半分ほど開かれる。

少しばかり潤んだ蒼い瞳に、睫《まつ》毛《げ》の影が落とされた。

まだ、自我を取り戻していないのか、セルイラはぼんやりとしたままノアールに体を預けている。

『…………』

ノアールの手が、恭しい動作でセルイラの顔に触れた。ほんの些《さ》細《さい》な力で消えてしまうのではないか。神秘の光景を前に、そんな心配がノアールの頭によぎったからだ。

けれどそれは、杞憂に終わる。

「……あ、ここは……わたし、戻ってこられたの？」

意識がはっきりと覚醒したセルイラは、ぱちぱちと瞬きを繰り返す。

ノアールの胸元でもぞもぞと動き出し、ようやく自分の力で体を持ち上げた。

セルイラと、ノアールの視線が合わさった。

どこか夢から醒《さ》めたようにきょとんとしているセルイラとは対照的に、置いていかれた子どものような顔をするノアール。

『……………えっと、ノア、ただいま』

まずは、目の前の彼に一言添える。なんとも呑気《のんき》な発言だ。

わけがわからずに息を吹き返したセルイラを見つめ返しているノアールは、口を何度も開閉させていた。アルベルトやミイシェも同様に、これが本当に現実なのかを判断できずにいる。

しかし、セルイラは違った。彼女はすべてを見通しわかっているのか、その顔は温容に満ちている。

『まずはあなたに、水神様の祝福を――』

色々と、話さなければならないことはある。とはいえ、まずはノアールの体を蝕《むしば》み支配し続けている、その忌々《いまいま》しいユダの誓約を、完全に解こう。

ノアールの両の耳を、セルイラの両手が優しく支える。

そうして吸い寄せられるように、血色の戻った唇がノアールの額にそっと触れた。

光の粒子が、ノアールの体を優しく包む。

額に贈ったセルイラの口づけは、たちまちノアールに変化を起こし始めた。

『……体が』

外見からそれほど変わったところは見受けられないが、ノアール自身はなにかを感じ取っていた。

『成功したみたい。よかった』

間近でノアールを視認しながらセルイラは胸を撫で下ろした。

『ママ……ママァ！』

『うおあ⁉』

様子を見守っていたミイシェが我慢できずにセルイラとノアールの間に飛び込んでくる。

それに巻き込まれたのは、隣にいたアルベルトだ。

ミイシェによって前に押し出され、そのままなだれ込むように体勢を崩した。

『………』

予測していなかった衝撃に、ノアールの体は後ろへと倒され、後頭部を床にゴツンとぶつけていた。

ユダの誓約は完全に解けたので体の自由は利くはずなのだが、急すぎたため受け身を取るので精一杯だったようだ。

『ママ、ママなんだよね⁉　ほんとうに、生きてる？』

『うん、ミイシェ。生きてるよ』

『おいミイシェ、落ち着け……！　とりあえず父さんから降り……』

『ううう、よかったぁ……』

『聞いてねぇ！』

セルイラに続いて、アルベルトとミイシェもノアールの体の上に乗っかっている。

負担がかからないように、まずは退《ど》こうとするアルベルトだったが、感極まったミイシェを抑えるのは困難であった。そんな光景をノアールは、目を見開いて静かに眺めている。

収拾がつかない。しかし、誰もが訪れたばかりの奇跡を噛み締めていたときだった。

ただ一人だけ、それをよしとしない者が声をあげる。

『一体、どうなってんのよ。意味がわからない！　どうして死んだはずのあたしの器が生きてるの？　そんなの許さない……許されないわ!!』

床に押さえつけられていたユダが、我慢ならないと吠《ほ》えるように言い放った。

メルウはさらに拘束の手を強めるが、ユダにはセルイラとノアール以外眼中にないようで、二人の元に近づこうともがいている。

『………あんた、セラっていうの？　セルイラ・アルスターじゃなくて、セラ？　ねえ、セラってまさかあのセラじゃないでしょうねぇ？』

さすがに四人が床で戯れていられる状況ではない。いち早く立ち上がったセルイラは、ユダに向かって答えた。

『わたしは、セルイラ・アルスターよ。だけど、セラでもある。わたしには二百年前に生きていた、セラの記憶がある。そして、水神様によって心と魂を溶かされることなく、生まれ変わった』

『……は、なに馬鹿なことを言ってんの？』

ユダは鼻で笑ったが、セルイラは至って真剣である。

セルイラはすべてを教えられた。息を引き取ったあのあとで。

現実の世界で死んでしまったセルイラは、その心と魂を水神によって創り出された別の空間に一時的に移動させられたのだという。そこで彼女を待っていたのが、水神だったのだ。

『水神……水神なんて、いるわけないでしょ。神なんて、人が勝手に抱いただけの、幻想の塊なんだから！』

『――いるよ。君のすぐ、目の前に』

『……なっ⁉』

音もなく、彼は――水神はユダの前に現れた。浮遊した雫の中心で、ふわふわと足を床から離す彼は、ほかの者とはあきらかな異質さを放っている。

城内の水場でセルイラと対面したとき同様の姿をした水神は、言葉を失ったユダに笑いかけた。

『僕が、水神だよ。……あ、言葉はこれで合っている？　ちゃんと聞こえている？』

流暢《りゅうちょう》な魔界語を水神は話す。神である彼は、言語の切り替えも可能にしてしまうのだろう。

『アオくん！　きこえるよ！』

『あ、ミイシェ。こうして現実で会うのは、初めてだね』

『な……ミイシェ、おい。あの男が、水神、だと？』

『うん。そうだよ。名前はアオくん。オーパルディアをまもる、水神さま！』

『なんで、ミイシェが知ってるんだ⁉』

『ミイシェがずっと眠っていたとき、アオくんが会いに来てくれたの。ママが生まれ変わったんだよって、だからね、ママがママって知ってたの！』

『そんなこと……さっきは言ってなかっただろ⁉』

『だってミイシェ、ずっと意識はあったけど話すのはじめてだったから……うまく言えなくて』

ミイシェはしょんぼりとしてしまった。

水神の出現に思考がはっきりしているのは、セルイラとミイシェくらいだろう。

ほかは神が目の前にいることに、またもや夢なんじゃないかと自分の意識を疑っている。

『……それと、はじめましてだね、ノアール』

水神はふわりと空中を移動して、ようやく体の調子を取り戻し立ち上がったノアールの前までやってきた。

『……水の神が、私を知っていたのか？』

『あはは、君のことは、ずっと前から知っていたよ。それこそ二百年前からね。どうしてかって聞かれると、それは僕がセラに加護を与えていたからかな』

『……なぜ、私の誓約は解かれた？　水神の祝福とは、なんだ？』

『セラから貰った水神《僕》の祝福のことだね。……それは、君の願いが生んだ奇跡なんだよ、ノアール』

ノアールは心当たりがなさそうにしているが、彼は確かに、ある奇跡を起こしていた。

――この二百年間ノアールは、毎晩欠かさずにおこなっていたことがある。

それは、水神に祈りを捧げ、願うことだ。

魔神を信仰する種族である魔族が、人間の信仰対象である水神に祈願することは、極めて珍しいことである。というより、魔界のそこかしこを探し回ったとしても、ノアール以外に該当する者はいなかっただろう。

それも二百年という途方もない月日。正確に数えれば二百年と、加えて数年。

オーパルディアの神官といえど、長くて五十年……多く見積ったとしても、七十年ほどだろう。

その倍以上にもなる祈りを、ノアールは今まで捧げ続けてきた。

誰もが真似できることではない。

年月が過ぎれば想《おも》いの形も、大きさも、熱量も、薄れて変化していくのが、意思のある者達の特権である。無情といえばそれまでだが、忘れていくことで救われる者が一定数いるという、ごく自然な原理の一つだ。

だが、ノアールはそれを放棄するどころか、想いが変わることもなかった。むしろ年々、その想いは強くなる一方だったのだ。

――結果的に、それはノアールの水神への信仰心を高めていった。

『ノアール。君はいつも、誰かのために願い続けていたね。二百年間、揺るがずに。そこに私欲は一切ない。いつも想っていたのは、君が大切にする人たちの救いと安寧だ』

そう言って水神は、周囲の人々に視線を向ける。途中セルイラと目が合えば、彼女は目尻を周りに気づかれないように拭っていた。

水神からノアールのことを語られ、それがセルイラの琴線に触れたのかもしれない。

『自分のためではない、誰かのために祈り、願いを込める。それがどんなに尊きことなのか、知っている？』

『……』

『人の子の愛情……というより、君の愛情深さには、恐れ入ったよ』

聞こえるか聞こえないかの声で、水神はぼそりと言う。

ノアールは居た堪れない様子で水神を見返していた。

まるで良いおこないをしたように聞かされるが、彼にとっての水神に祈る行為は、自分への戒めの意味も込めていたのだ。

『私は……祝福を与えられるほど、清き者ではない。そうすることでしか、償うことができないと感じたからだ』

『……もし、君の言うようにそれが償いだとしたら、君の償いは終わっていると思うよ。僕が言うんだから、絶対ね』

『それは――』

『まあ、君に神の意思を強引に押しつけるつもりはない。この事態が収束したときに、当人同士で話し合えばいいよ』

納得がいかない様子のノアールの言葉を、水神はケラケラと笑って遮った。

『つまりノアール、君にはね。魔族の王――魔王でありながら、僕の祝福を受け取れるだけの信仰心が備わったんだ。だからこそ祝福の力で強力な真名の誓約すらも打ち消すことができた。僕がこうして生身の人の前に姿を現せるのも、ミイシェとノアールが、依り代のような役割を果たしてくれているからなんだよ』

神とはいわば、この世のすべてである。

神が存在するからこそ、世界は存在する。本来ならばその存在が、そう易々《やすやす》と人前に降りることはないとされていた。

力という概念を通り越し、神に干渉しようとすれば、神の気に当てられた生き物は世界の一部となり消えてしまう。

それでも神との交流を実現するために編み出されたのが、神降ろしと呼ばれるものだ。

信仰心の強い者が特別な手法のもと祈りを捧げることで、神と一時的に対話が可能となる。

その信仰心が強い者を――ある時代では、神子《カミコ》と別称された。

『神の子と書いて……カミコ。ミイシェは元々、カミコの資質がある。理由はおそらくミイシェの母親であるセラに加護を与えていたからかな。だから僕は、ミイシェの精神世界に入り込んでミイシェに干渉することができた。ノアールの場合は、この二百年の歳月におこなってきた祈りの結果、カミコに近い状態になったんだよ』

またセルイラは、二百年前にセラとして命を落とし、水神に心と魂を触れられたことにより、水神と確固たる繋がりが出来上がった。

セルイラが水神の力で生き返ることができたのも、そういった理由が含まれている。

つけ足して水神は「ちなみにアルベルトは、魔神の加護が強くて僕は干渉できないよ、ごめんね」と笑った。謝られたアルベルトは「なんで謝られるんだ……」と、解せないのか不服そうにしていた。

まとめると、加護は神の気まぐれによって与えることも、奪うこともできる。

けれど祝福は、その者のおこないを映し出す特別な奇跡のようなもの。

だからこそノアールは、水神の祝福を授かったのだ。

『――だから、なんだっていうの。あたしにはそんなこと、関係ないのよ！』

水神の言葉すらも、今のユダには耳障りなのだろう。

セルイラが生き返り、ノアールの誓約はもうない。

それでもユダは儀式に固執し、高らかに叫ぶ。

『ふ、ふふふ。大丈夫に決まってる。あたしには、ジグデトス様の力があるんだから。だから、だから……さっさと死ねぇ！』

乱れに乱れた髪を、さらに振りかざす。

『ああ――もう、限界だね。君は』

水神は憐《あわ》れむように、正気を失いかけているユダを見据えた。

儀式を成功させるべく、ユダは躍起になっていた。

今も、セルイラとノアールだけを狙っている。だが、最初の頃の余裕がまるでなかった。

『禁術は扱った者の身を滅ぼす。ノアールの誓約も解かれたし、それ以前にユダはジグデトスの亡骸《なきがら》をあさって禁忌を犯しすぎた。その反動がここできているみたいだね』

大広間の段差にある壺。あの中にはユダが長年かけて集めたジグデトスの亡骸と、魔力の名残が集められていたらしい。

『君の体は、腐る一歩手前だよ』

当たり前のように水神が言ってのけた。彼の瞳には、一切の同情がない。というよりも、ユダに対して同情が湧くまでの興味すらないのだ。

ユダが焦っていたのは、そういうことなのだろう。だからこそ器となるセルイラの体が必要だった。

『いつまで邪魔するつもりよ、さっさとどけぇ!!』

最後の悪あがきとでもいおうか。今までメルウに動きを封じられていたユダが、荒々しく魔力を暴走させた。ばちばちと赤色の魔力が飛び散り、まるで業火のように周辺に広がる。

『く……っ』

その一瞬の隙を突き、ユダはメルウの手から逃れた。

『まず……どっちから……』

一定の距離を置き、的を定めたユダの目玉が、ぎょろぎょろと左右に揺らめく。その不気味な面差しにゾクリと鳥肌が立った。

『下がるんだ』

セルイラの前に、ノアールが庇《かば》って出る。横から窺えるノアールの顔つきは、セルイラが魔界に来た当初とは比べ物にならないほど生気に満ちていた。

『……ノア』

誓約が解けたとはいえ心配だ。咄嗟にセルイラは、ノアールの袖を引っ張る。

そのままノアールを見上げると、なぜだか彼は誇らしそうに微笑んだ。

――次の瞬間、ユダが先手に出た。

新しく魔法で出したと思われる剣を手に、近くにやって来たノアールへ一直線に向かってくる。

なんの小細工もなく、ノアールは動きを捉え真正面からユダを迎え撃った。

(ノア……！)

前魔王ジグデトスの力を禁術によって手に入れたユダの力は、今や計り知れない。

ノアールのことを信じていたとしても、心配しないこととは別問題だ。

しかし、そんなセルイラの危惧は、あっさり打ち砕かれることになる。

『ギィ、ギャアア……!!』

聞くに堪えない叫び声が、空間を埋め尽くす。

ノアールの足元には、這いつくばっているユダの姿があり、力の差は歴然だった。

『ああ……ああ！　こんなこと、あってはならない！　あたしがどれだけの時間を費やしてきたか！

待ち焦がれていたか！』

床を引っ掻くユダの爪の音が虚《むな》しく響く。それでも立ち上がることは不可能だった。

『ユージーン！』

乱心状態でユダは大声をあげる。

『早く別の器を持ってきなさい！　今すぐに‼』

『……。わかりました』

ユージーンは一瞬、葛藤に苦しむ様子で立ち竦《すく》む。

だが、ユダの命令に逆らうことはせず、一人の少女を転移の魔法で呼び寄せた。

セルイラは、驚きのあまり絶句する。

ユージーンの腕に横抱きされるようにして収まる少女――アメリアが、そこにいた。

『ユージーン』

セルイラの背後から、殺気立った声がした。間違えるはずもない、アルベルトである。

『……大丈夫だよ、アメリアちゃんは眠ってるだけ。この子はもしものときのための、二番目の器だったんだ』

『ん、だと……？』

青筋を立てるアルベルトは、なりふり構わずユージーンのところへ向かうべく、体に魔力を込めた。

『アルベルト、待つんだ』

今にもプツンと怒りの糸が切れそうなアルベルトに、ノアールは落ち着いた声音を被せる。

ちらりと視線だけをアルベルトに向け、首を横に振り、その場で待てと言葉には出さないが指示していた。

ノアールは気づいていたのだ。ユージーンがこれからどのような行動を取るのかを。

『ユージーン……っ！　早く、その器の心臓を……剣で突き刺しなさい！　そうすれば――』

『……』

俯《うつむ》いていたユージーンが、顔を上げる。その目に、諦めにも似た決意を灯《とも》しながら。

『もう、できません……ユダ』

きっぱりとユージーンは言い切った。まさか断られるとは思ってもみなかったユダは、ぽかんと口を開けて固まっている。そんなユダを尻目に、ユージーンが歩みを進めたのは、アルベルトの前だった。

『アメリアちゃんまで巻き込もうとして、ごめん』

ユージーンは「はい」と言って、アメリアをアルベルトに抱えさせる。

ぎこちない腕の中に渡ったアメリアは、すやすやと寝息を立てていた。

気が抜けてしまう寝顔に、アルベルトの口の端が安堵《あんど》で緩む。けれど、すぐに厳しい顔つきに戻してユージーンに目を向けた。

『遅いんだよ……お前は』

『本当に……俺は取り返しのつかないことをしてしまった』

『この、馬鹿野郎が。こんなこと、そう簡単に許されねぇだろ』

悲しげに放たれた暴言にユージーンはただ頭を下げる。また、セルイラへと視線を向けさらに深く頭を下げた。

『は？　ちょっと、なにしてんの？　どうして器にとどめを刺さない？　聞いているのユージーン！』

『聞いています。ユダ』

くるりと振り返ったユージーンは、素早くユダの前までやってくる。

ユダを抑え込んでいるノアールに一礼して、その場に膝をついた。

『もう……やめるべきです。これ以上、あなたのために誰も巻き込んではいけない。もっと早くあなたを止めるべきだった。情に流されすべてに従うのではなく、間違っているのだと』

ユダは呆気《あっけ》にとられ、そのうちみるみると形相を変えていった。

『なによ、あんた……ふざけるのも大概にしな小僧！　なんのためにあたしが、あんたをそばに置いたと思ってる⁉　この、役立たず！　本当はあんたなんて、初めっからいらなかったのに！』

『はい、本当ですね』

『あんたなんか、いらなかった！　邪魔だったのよ！』

じたばたと暴れるユダの言葉に、ユージーンはすべて頷《うなず》いている。

その後ろ姿があまりにも、セルイラには苦しげに感じた。

『あんたなんか一度も息子だなんて思ったことないのよ！　良いようにこき使えると思ったから、あたしはねぇ！』

「……っ」

セルイラの頭の中で、なにかが弾けた。

気づけば足が前に出ており、全速力とはいかないにしても、とてつもない速さでユダへと近づく。

目を丸くしているノアールの横を通り過ぎ、セルイラはユージーンの肩に手を置いた。

『ユージーン様、少しよろしいでしょうか』

『え、セルイラちゃん……』

振り返り見上げたユージーンの顔は、叱られた子どものように弱々しい。

セルイラはぐっと奥歯を噛み締めて、未だに騒ぎっぱなしのユダの横に両膝を折る。

セルイラがそばに寄ったことにも、ユダは気づいていないようだった。

『ああ、あああ！　こんなに使えないなら、初めからあたしの前に現れるな！　とっとと消え――』

『いい加減にしなさい!!』

セルイラの怒号に、ユダはピタリと動きを止めた。「どうして自分は怒鳴られているんだろう？」と、なんの理解もない間の抜けた表情を浮かべながら。

『ユダ。わたしが、あなたに語れることはきっと少ない。わたしはあなたじゃない。だから、あなたが大切な人を奪われて、どんな想いに苛まれていたのか、知ったとしてもすべてに同調することは絶対にできない』

『だから？　だからなんなの？　ねえ、あんた……あたしに説教でもしてるの？』

『説教なんて、そんな大それたことじゃない。ただ、考えてみたの。わたしが、もしあなたのような立場だったらって。……考えてみたわ』

『なにを、考えるって？　あんたにあたしのなにがわかるって!?　ああ、憎らしい……そうよ……あたしは、セラ……二百年前から、あんたのことも大嫌いだった！　同じ生贄のくせして、ジグデトス様を葬った男と幸福を掴み、愛され、恵まれていたあんたがっ！』

次々と吐露を始めたユダは、転がっていた剣に手をかけようとする。

それに気づいたユージーンは、素早く奪い取った。

『ああ、くそ！　なんで、なんでいつもこうなる！　ようやく、ようやく幸せになれると思ったのに！　どうしてあたしの邪魔をする⁉』

『……ユダ』

『あたしには、ジグデトス様がすべてだったのに……あの方だけが、あたしを救ってくれたのに。そんな人を殺したノアール《その男》が、どうして今ものうのうと生きているのよ！』

叫びすぎてダミ声に変わってきても、ユダは止まらない。

『そうね……ノアールは、あなたの大切な人を、奪った。恨んで当然だわ』

同意したセルイラに、誰もが驚愕の色を顔に浮かべた。

まさかセルイラが、そんなことを言うなど考えてもいなかったからだ。

『……』

ノアールはセルイラの発言にわかりやすく表情を曇らせる。

その気配を察したセルイラは、彼のほうに振り返り、柔らかく笑んでみせた。

『たしかにノアールは、あなたにとって許すことのできない相手だわ。だけど……ノアールのしなければいけなかったことが、もしもユダのように誰かに傷を残す行為だとしても、わたしはノアールの味方でいないといけないの。それが罪だと言うならば、わたしが共に背負っていく。だからユダ……わたしのこともあなたの気が済むまで恨んで、憎めばいい』

そこで一度息を切ると、セルイラは「ただ……」と言葉を繋げた。

『憎むことで周りを巻き込むようなやり方は、絶対に正しいとは言えない。ユダ、死ななくてよかった人たちをあなたは殺したの。わたしは一生それを許すことができないわ』

『……ふっ、ふふふ！　あははは！　それって、あんたの弟たちのこと？　なぁんだ、もう知ってるの。ふふ、そうよ！　あたしがあの村を全部焼き払ったの！　いい気味だったわ……あたしにとって、あの村は目障りだったから！』

面白おかしくするユダに、セルイラは「ああ……」と諦観する。

おそらくこの人は、自分のおこないをこれっぽっちも悔い改める気はないのだろう。

『あんたが絶望すれば、それはノアールの苦しみに繋がる！　だからセラ、あんたを思う存分利用したの！　知ってた？　メルウの片眼鏡《モノクル》を落として魔族があんたの家族を殺したんだと思わせたのもあたし！　あんたに呪いをかけてノアールを憎むように記憶を書き換えたのもあたしよ！　すごいでしょう？　これも全部ジグデトス様のお力の半分があたしの中にあったからできたの！　あんたは本当に役に立ったわ！』

『二百年前、ナディエーナをわたしから離して、代わりの侍女として来た女の子もあなた？』

『そうよ！　ニケを使って脅したら、お利口にいうことを聞いたわ！　……それなのに、全部全部うまくいってたのに！』

どうにかして体を起こそうとするユダ。しかし、それは叶わない。

『ユダ……わたしは恵まれていると言ったわね。そうかもしれない。こうしてまた、みんなに出逢うことができて、たしかに恵まれていると思う』

『……なに、なにが言いたい？』

『さっきの続き……わたしも考えてみたって。わたしがユダと同じような立場だったのなら』

セルイラは力強い眼でユダを見下ろし、断言した。

『わたしはきっと……自分が過ちを犯したとしてもそばにいてくれたユージーン《自分の子》を、手放したりはしなかった』

『……！』

ユージーンの瞳が、光の膜できらりと反射した。

すべてには恵まれていなかったかもしれない。

けれどあなたにだって気づくことができたならば、あったはずだ。恵まれた存在に。

『──さい。うるさいうるさい！　そんなのあんたに関係ない！　長々と語って気分がいい!?　いい加減うるっさいのよ！』

セルイラの胸が、ドクンと跳ね上がる。

逆上したユダの指先が、セルイラのすぐ目と鼻の先に伸びていたからだ。

残していた力を、感情のままに押し出したのだろう。わずかな油断を掻いくぐって、近くにいたセルイラに手をかけようと、血走る目を向けてきた。

しかし、甘かった。その俊敏なユダの動きにも、今のノアールは対応ができたのだ。

ノアールはもう一度、ユダの自由を封じようと手をかざす。

それによってユダがたやすく動きを止めた──そのときである。

『さよなら、母さん』

ズプリと、生々しい音がした。

『がっ……はっ……な、にを』

うつ伏せになったまま、ユダの体には間違いなく剣の切っ先が埋まっている。

『……ユージーン様？』

わなわなと、セルイラはユージーンに視線を送った。

ユージーンの手には、先ほどユダが触れられないようにと奪った剣が、しっかり握られている。

『……』

わずかに飛び散った血しぶきが、ユージーンの頬に点々と赤い跡を残した。びくともしないユダの背中を、ユージーンはただぼうっと見つめていた。

どれほど経過しただろう。体感ではとてつもなく長い時間のような気がした。

『ユ、ユージーン様』

『……』

セルイラの呼びかけに、ユージーンは虚しい笑みを浮かべた。

柄《つか》から手を離し、呼吸が途絶え気味となっているユダを静かに見下ろす。

言葉こそ発さないユージーンだが、ユダを見つめるその顔は、彼女に別れを告げているようだった。

呆気ない……本当に呆気ない終わりだ。

あれだけの思念を抱いていたユダの最後が、まさか実の息子に討たれるなんて。彼女自身も、想像していなかったかもしれない。

けれど、生きたまま罪を償って欲しいかと問われれば、セルイラは首を横に振るだろう。

誰かの手によって息絶えたなら、ユダはもうそこまでだ。

改心すら見せなかったユダを生け捕りにしたところで、二百年前に理不尽に死んでいったセラの弟たちや、村の人々が蘇ることはない。心の中で弔うことしか、セルイラにはできないのだ。

『ユージーン』

ノアールの声に、ユージーンはそちらを向く。そして、その場に片膝をついてこうべを垂れた。

『魔王陛下。どのような処罰も、お受けいたします』

覚悟を決めたユージーンの言葉は、まるで自分が殺してしまったユダの分まで、罰を受けると言っているように感じた。

『——あ、なんだか厄介なのが来たかも』

ノアールとユージーンのやり取りを皆が見守る中、完全に傍観者の一人となっていた水神が焦った様子でつぶやいた。

『厄介とは、僕のことか？　水の神』

突如、セルイラの頭上から声が降ってくる。

ギョッとして見上げると、そこには宙に浮いた状態でこちらを見下ろす少年の姿があった。

紫にも黒にも見える少年の髪は、肩辺りで綺麗に切りそろえられている。両耳の上にある跳ねた毛先が、角のようにも見えた。

黄金の大きな瞳はツンと吊《つ》り上がっており、ぎらりと尖《とが》った鋭い空気が周囲に伝染していく。

その装いは、セルイラの見たこともない豪奢《ごうしゃ》な装飾で埋め尽くされていた。

『やあ。久しぶりだね、魔神くん』

『……その魔神くんというの、いい加減にやめろ。水の神』

水神があまりにも自然に挨拶をするものだから、全員の反応が、揃《そろ》って五秒ほど遅れた。その後、数人を除きそれぞれ内心で「魔神!?」と驚愕する。

『ははは、魔神くんは魔神くんだよ』

『……はぁ。それより、相変わらずその格好をしているのか。見慣れないな』

『ええ？　僕はもうこの姿に変えてから二百年も経つんだけど。結構気に入ってるんだけどな』

『それは僕たち神の真の姿じゃないだろう』

魔神と呼ばれる少年は、人間に例えれば十歳に満たないくらいの姿をしている。その見た目に反して青年期の男のような声を喉から出しているので、なんともちぐはぐだった。

『まあ、いい。今は君と呑気に話している場合じゃないんだよ』

なにやら不機嫌な表情の魔神は、水神との会話を途中で切り上げる。

水神は「相変わらずだなー」と笑っていた。

『……神子が、こんなにいる。水の神の仕業だな？　一、二……三？　いや、君は少し特殊だな』

天井に近い位置からセルイラたちを眺めていた魔神は、ミイシェ、ノアールと視線を向け、最後にセルイラを見つけると目をとめる。

『……ああ、なるほど。水の神、また人の子に深く干渉して。困ったやつだよ』

『そんなこと言わないでよ、魔神くん。それに、神子がいるから魔神くんだって姿を見せられたんだから』

『……』

半分諦めのため息をつく魔神の視線は、次にユダへと移動した。

『君だ。大罪の子』

魔神の目的は、ユダのようだ。魔神は鋭くさせた双眼を光らせると、浮いた体を素早く下降させ、ユダへと近づいた。

『……ぐ、ううう。あああ……あ……』

突然、ユダが呻《うめ》き声をあげ始める。

仕留めたものだと思っていたユージーンは、狼狽《ろうばい》を顔に漂わせた。

『君、大罪の子《ユダ》と血の繋がりがあるのか。未練は？』

いきなり魔神に話を振られ、ユージーンは言葉を詰まらせる。

けれど、すぐに応えた。

『……未練は先ほど、切りました』

『そうか。賢明な子だ』

魔神はふわりと浮いてユージーンの頭を撫でる。まるっきり子供の扱いで神に触れられ、ユージーンは固まってしまった。

『そもそも、彼女はもう生きてはいない。身はすでに朽ち果て、それでも突き動かしているのは、禍々しいまでの執念だ』

淡々とした口調で、魔神はユダに聞かせるように言い放つ。

『大罪の子。君は禁忌を犯しすぎた。魂を蘇らせようと、魂の元となる物を禁術を操り収集した。――魂の操作は、神の領域。一つの生物に過ぎない人族が、安易に触れ、無事でいられるものじゃない』

『ア、アア……ギャアアア！』

『楽に来世へゆけると思うなよ』

なにを、どうしたのかは、誰もがわからない。

だが、魔神は間違いなくユダになにかをしたのだろう。

彼の黄金の目の発光する勢いが収まると、ユダは今度こそ、事切れた。

『水の神。これは僕が回収する』

『わかった。よろしくね、魔神くん』

『ああ。――あ』

魔神はこくりと頷き、ふと思いついたようにノアールの前まで近寄る。

『魔王、ノアール』

『……？』

魔神に話しかけられたノアールは、薄い反応を返す。肝が据わっているというのか、魔神が現れてからも彼は落ち着き払った様子でことの成り行きを眺めていた。

『君は、水神の祝福を授かった。その影響で残りわずかとなっていた君の寿命は、少なからず延びただろう。だが……それでも、数年と短命だ』

『魔神くん！』

『水の神、口を出すな。水神の祝福を与えたとはいえ、この子は魔王。僕の領域下だ』

氷のように冷えきった瞳が、水神の動きを止める。神には神の掟《おきて》があるのかもしれない。水神は好き勝手に行動しすぎたのだ。

『ただ――』

魔神は少しだけ言い淀《よど》むが、嘆息混じりの声で発する。

『君は、神子の力を得た。故にわずかながら、魔神への貢ぎ物と引き換えに、寿命を与えることはできる』

『……貢ぎ物？』

『そうだ。君の――』

魔神はその言葉を最後に、ノアールへと見えない刃《やいば》を当てた。

【エピローグ】

長きにわたる呪いは終わりを迎えた。

そして、夜が明ける。魔王城には、再び暖かな光が差し込み始めた。

西宮殿での出来事を知るのは、あの場にいた者たちだけである。

ユダは儀式を始める際、魔王城全体に魔法をかけていた。儀式の邪魔が入らぬよう、城にいるすべての者に眠りの魔法をかけたのである。

だが、その魔法はアルベルトたちには効かなかった。そのときからすでに、ユダの力が綻《ほころ》び始めていたのだ。

ユダの死後、魔王城を覆うようにかけられていた魔法はすべて消えた。

城勤めの魔族たち、そしてセルイラを除いた花嫁候補の令嬢たちは、何事もなかったように目を覚まし出す。

「……ふぁ……あれ、ここは……」

アメリアも、その一人だった。

天窓から照らされた陽《ひ》の光がアメリアの瞼《まぶた》に触れ、眩《まぶ》しさからか目が開かれる。

『なっ!? おい、起きたぞ！ どうすればいいんだよ!?』

『じゃあ、おはようお姫様とでも言ったら？』

『んなこと言えるか！』

水神の冗談に、アルベルトは顔を赤くさせ反論する。そうしている間にも、アメリアの意識は覚醒していった。

「……アルベルト、さま？」

『……！』

アメリアと目が合ったアルベルトは、彫刻の如《ごと》くピシャリと体を硬直させる。

状況がわからないアメリアは、自分が抱えられていることに気づくと、顔を真っ赤にした。

「え、えと、ど、どどど、どういうこと、ですか？　アルベルト様がなぜ、わたくしを？　あ、の……あっ、セルイラ！」

『ぐっ！』

縮こまるアメリアの視界に、セルイラが映り込む。その瞬間、アルベルトの胸板を押しのけたアメリアは、セルイラの元へと駆け寄った。

思わず出た行動ではあるが、ああも素早く自分の腕を離れられたことに、アルベルトは衝撃を隠しきれずにいる。

『まあ、そんなに落ち込まないで』

彼の肩をぽん、と叩《たた》いたのは水神だった。わざとらしい哀れみの目に、アルベルトは吠《ほ》える。

『うるせぇ！　なんで魔神は帰ったってのに、お前はいるんだよ！』

『魔神くんは働き者だからね。僕は……もうちょっと君たちのことを眺めていたいんだ。神子《カミコ》の力で少しならこの格好でも現世に留《とど》まっていられるし、いいだろう？』

神の気に、人は耐えることができない。そのため神は人の世に姿を見せるとき、別の生き物に擬態して気を緩和させる。

青い鳥の「アオ」とは、そうやって生まれた存在だった。

しかし、神子がいれば話は別である。神子であるその者の体を依り代に、少しの間だけなら本来の神に近い姿で現れることができるのだ。

「セルイラ！　舞踏場から戻ってこないので心配していたんですよ!?　それにアオちゃんもいなくなってしまって！　それで、探しに行こうとしたのですが……あれ？　そういえばわたくし、探しに行こうとして、そのあとの記憶が……」

ユダの眠りの魔法により意識を失っていたアメリアは、頭に疑問符を何個も浮かべた。

「アメリア、落ち着いて。アオは、わたしのところに来てくれたから、大丈夫よ」

彼女にどこから話せばいいのか整理がついてないセルイラは、どうにかその場をうまく誤魔化したのだった。

＊＊＊

——それから、数日が経過した。

『なんだか今日は、騒がしいね』

魔王の住まう城。通称、魔王城。東宮殿の談話室にて、だらりと体を長椅子に預けた水神が言った。

『古城にいた連中が、ようやくこの城に戻ってきたからだろ』

反対側の長椅子に座っていたアルベルトが、そう答える。

近頃、魔王城は多くの魔族で行き交っていた。

二百年前、セラがこの世を去り、まるで代わりとでもいうようにユダが魔王城に現れた。

ユダは魔王の新たな伴侶と言われていたが、肝心の魔王はそのことについて一切触れない。

しかし、ユダがなにをするにも口出しをしない魔王に、魔王城の魔族たちは次第に伴侶なのだと認識していった。

だが、魔族の誰しもが順応することはできなかった。

城に長く勤める古参の魔族たちは、ユダに不信感を持つものばかり。

直訴したところで、魔王は黙秘を貫く。ついには第三代魔王が存命中に使っていたとされる古城へと飛ばされてしまった。

その実は、ユダを疑いかけている彼らが、ユダの標的とならないよう、ノアールが彼らを匿《かくま》っていたのだ。そして軍も同じく、古城にて待機を命じられていた。

『ああ、だから急激に人が多くなったんだね。にしても、アルベルトはよく夜会を開いていたんだろう？　夜会に出席していた魔族たちは、城に出入りしていてよかったんだ』

『あいつらは、ユダのことなんてこれっぽっちも気にしてねぇよ。ほとんどが俺と、自分たちの娘に婚姻関係を結ばせたい奴らの集まり。あとはただの夜会好きな俺の派閥。それだけ』

『おにいさま～』

そこで扉が開かれる。入ってきたのはミイシェと、ニケだ。

ミイシェの今日の装いは、白を基調とした生地に、ほんのりピンク色を添えたドレス。

水神からは、天使みたいだねと言葉を貰《もら》った。

『アオくん、すっかりアルおにーさまと仲良しだねー』

『うん、嬉《うれ》しいな。アルベルトも嬉しいよね』

『……』

ニコニコと笑った水神に、アルベルトはただ無言の圧力を返す。

その間にミイシェはアルベルトの隣に腰をかけ、テーブルの上に置かれた皿からクッキーを取った。

『ミイシェ様。まずは手をお拭きください』

『わすれてた！　ニケ、ありがとう』

『いいえ』

渡された手拭きを使いながら、ミイシェはにっこりと可愛《かわい》らしく笑う。ニケも同じように表情を和らげて返した。

『あのね、おにーさま。ナディのところ行ってきたよ』

『そうか。今日も変わりなかったか？』

『うん！　でもね、また泣いちゃった』

『……だろうな。当分は泣くぞ』

かくいうアルベルトも、昨日顔を見せにナディエーナの部屋へ訪れた際には泣かれた。本人は、歳《とし》だから涙腺が脆《もろ》くなっているのだと主張している。

ニケの母親であり、つい先日までユダの侍女としてつき従っていたナディエーナ。ナディエーナがユダにかけられていたのは、真名を用いた主従の誓約である。

娘のニケに危害を加えないという条件で結んだ誓約も、ユダがいなくなったことで消えていた。

先日の西宮殿に姿を現さなかったのは、同じく眠らされていたようで、魔王城にある自室で寝かされているところを発見された。

ユダは用済みであるナディエーナを先に殺《あや》めるつもりだったが、そこをユージーンが間に入り「自分が始末する」と申し出て、ユダから隠したのである。

もうしばらくは休養が必要だが、命に別状はない。ニケも心底ほっとしていた。

『あとね、帰りにユージーンと会ったよ。ヘトヘトだって言ってた』

『いいんだよ。あいつには、これからせいぜい働いてもらうからな。いい気味だ』

ユダの言いなりとなり、今までユダに加担していたユージーンは——その罪を、赦《ゆる》された。

セルイラと、ノアール、そしてアルベルトによって。

『今ごろメルウに、扱《こ》き使われてんだろ』

また、ユダの件を公にするべきではないと提案したのは、副官のメルウである。

魔王ともあろう者が、理由があったとはいえユダによってこの二百年間、力を制限されていたと知られれば心証が悪くなってしまう。

今のところ魔王に対しても反対勢力が生まれないのは、ユダによって誓約がかけられてもなお、魔王としての執務を疎かにすることがなかったからだ。

むしろいつ休んでいるのかと臣下から不安に思われるほど、ノアールは魔王としてやるべき采配を振っていた。

魔界の統治にユダが関心を一切持たなかったのが、せめてもの救いである。

だが、ここでユダに弱味を握られていたと知られてしまえば、どう転ぶかはわからない。

そのためメルウは、ユダと魔王に施されていた誓約の事実を明かさないことを決定した。

しかし、ユダの存在はほかの魔族にとっても強い印象を植えつけていた。

突然現れ、突然消えたユダに、このままでは納得しない者も出てくるだろう。その対処を、現在ユージーンは城を駆けずり回っておこなっている。

つまりは、今回の件に関してすべてを知る一人であるユージーンが、尻拭いをしているのだ。

どんな処罰も覚悟の上だと言ったユージーンは、自分が極刑になるとばかり思っていた。

だが、それはアルベルトが許さなかった。

『……ふんっ、あいつには一生、俺の下で働かせ続けてやる』

話によると、第六代魔王ジグデトスが葬られたあと、ユダは魔王城から逃げ出し、人目を忍んでお腹《なか》にいたユージーンを産んだのだという。

憎しみに駆られたユダは、生後まもないユージーンを近くの森に捨て置いた。そこを通りかかったのが、現在のユージーンの両親だ。

魔界でも上位の家柄にある魔族だった両親は、産毛の色でユージーンが人間と魔族の間に生まれた子どもだとわかっていたが、当時は珍しいことではなかったため、養子として迎えたのである。

ユージーンは父親と一緒に魔王城へ訪ねる機会も多く、いつしかアルベルト王子殿下の友人にまで上り詰めた。

誰もが羨む地位、王子の隣に立てる権利、生まれつき恵まれた容姿。順調に進んでいたユージーンの世界だったが、ある日ユダと出会ってしまった。

偶然入り込んだ西宮殿の中庭。ベールを外したユダを目にしたとき、彼女が生みの母親であるとユージーンは確信した。

ユダも、そんなユージーンに気づいていた。彼に芽生えた情につけ込んだユダは、自分から正体を明かしたのだという。

それからは健気《けなげ》にユダに協力的になったユージーンは、いざというときのために人間の言葉を習得し、ユダの手足となり動いていた。

子として、実の母親であるユダに情を動かされてしまったユージーン。

けれど、ユージーンが抱いたユダに対する想いのすべてを咎《とが》めることが、アルベルトにはできなかった。だからこそ、自分のそばに置くと決めたのだ。

そしてもうすぐ、魔界に召喚していた花嫁候補の令嬢たちを、オーパルディアに送り届ける手筈《てはず》となっている。

神殿まで送り届け、王城にて今回の非礼を詫《わ》びるのもユージーンの責務であった。召喚の実行者はアルベルトだが、さすがに王子を簡単に出すわけにいかない。むしろ代行で謝りに行くことも、立派な償いだとユージーンは言っていた。

そのとき、アメリアはもちろんだが、セルイラもオーパルディアに戻ることになっている。オーパルディアに残してきた、もう一つの家族に今まで話せなかった自分の事情を説明するために。

『はいっ、おにいさま！　このクッキーおいしいよ！』

『んぐぐ!?　ゲホッゲホッ！　突然口の中に物を入れるな！』

アルベルトが色々と考え込んでいれば、隣に座るミイシェから口にクッキーを突っ込まれる。

咳《せき》をしながら胸を叩《たた》き、ニケに渡された紅茶を喉に通した。

『だって～これからママとパパのところ行くのに、アルベルトおにいさま、ぼうっとしてるんだもん！』

『もっとほかのやり方があっただろーが！』

『ごめんなさい』

そんな可愛《かわい》らしい顔でしゅんと謝られてしまえば、それ以上のことをアルベルトも言えなくなってしまう。

ぐぐっと堪《こら》えて「もうやるなよ」とミイシェの頭をぽんと撫《な》でた。

ちなみにこの会話、昨日も水神とニケは聞いている。

『本当に君たちは、仲の良い兄妹《きょうだい》だね。セラも可愛がるわけだよ』

『……』

水神の言葉に、アルベルトはピクリと反応を示した。

そういえば、水神には尋ねたいことがあったのだ。

『おい――アオ。お前って、母さんのこと好きだったのか？』

『え、好きだよ』

けろりと答える水神に、アルベルトは気まずそうに眉を寄せた。

『それって、その……どうなんだよ』

『どうって？』

『お前は、母さんが好きで二百年前にも加護を与えた。で、今回もそうだ。ずっと見守ってたんだろ。そうまでしたのに――』

『そこまでしておいて、結局はまた、ノアールと結ばれた？』

『……うっ、それは』

アルベルトは目をそらした。そこまではっきり言われると、どう返していいものか悩んでしまう。

アルベルトの立場としては、ノアールとセルイラが再び巡り逢《あ》えて、想《おも》いが通じ合った。とても喜ばしいことである。

けれど、こうして水神と顔を合わせる機会も増えてきて、つい気にしてしまうのだ。

『……アルベルトってさぁ、根は本当にいい子だよね。意地っ張りだし、暴走するし、アメリアにもそれで誤解されてたけど』

『なんでアメ……アメリアが出てくるんだ！』

『はいはい。未《いま》だにさらりと名前を言えないなんて、微笑《ほほえ》ましいよ』

『こいつ！』

『まあ、なんていうかな。確かに思ったよ。彼女が二百年前に死んだとき、僕ならこんな悲しい最後にはさせない。僕なら助けてあげられるのにって。だけど、根本的に違うんだよ』

『根本的って、なんだよ？』

水神の瞳が、ふっと優しげに揺れる。

アルベルトとミイシェを見つめて、思いを馳《は》せるように。

『僕はただ、彼女に心から幸せになって欲しい。心から笑い心から幸せだと思って欲しい。それには絶対に、君たちが必要なんだ。僕では、全く意味がない』

『……アオくん』

複雑そうにミイシェがつぶやく。

『僕は水神だよ？　神様に同情するなんて、君たちなかなか大物だね』

調子良くくすくすと笑う水神に、アルベルトは言った。

『――ありがとな、アオ』

アルベルトの礼が意外だったのか、水神は少しだけ驚いた顔を見せる。それでも、すぐに清々《すがすが》しい笑顔へと変わり、ふわりと宙に浮いた。

『さてと、今日はそろそろ帰ろうかな。君たちも、セラとノアールのところに行くんだろう？　じゃあ、またね』

水神はぴちゃんと雫《しずく》の音を響かせて消えてしまう。

アルベルトとミイシェは、相変わらずきまぐれな水神を見送ったあとで、顔を見合わせた。

『……おにいさま、ママとパパのところ、いこう？』

『ああ、そうだな』


――魔王城、魔王の寝室にて。

『ノア？　気分はどう？』

『……セラ』

セルイラは寝台の枕に頭を預けるノアールに声をかけた。

名前を呼ばれると、ノアールはすぐに体を起こそうとする。

セルイラは、慌ててそれを止めた。

『ちょ、まだ寝ていないと！　あなたの体、今とても弱っているんだから』

『そんなことはない』

『あるの！　魔神様が言っていたでしょう？』

『もう回復した』

『だめ、足りないの。だからまだ、横になっていて』

念を押すと、ノアールは渋々といった様子で体勢を戻した。

その拍子に黒い髪が肩下でさらりと揺れる。それがなんとなく、セルイラの目にぴったりとまった。

『髪……こうみるとやっぱり短くなったね』

腰下ほどまであったノアールの髪は、今や肩辺りまでとかなり短くなっている。元々の長髪に比べると、その変化は一目瞭然だった。

ユダと決着がついた日。

ノアールの寿命が残り数年であると、セルイラは魔神から聞かされた。

ノアールは二百年もの間、ユダによってかけられていたアルベルトとミイシェの呪いを内側から解くため、自分の魔力と寿命を削って呪いを弱めていた。

セルイラが夜に小さな中庭でノアールと会ったときは、ちょうどノアールはアルベルトとミイシェが眠った部屋に行って呪いの効力を弱めたあとだったらしく、無理をしすぎて力が出ずにあの場所で休んでいたそうだ。

そしてとうとう夜会の夜に、二百年にわたるノアールの努力と満月の魔力が後押しして二人の呪いが解かれたのだという。そのときはユダの体も限界だったようなので、さらに呪いは解かれやすい状態だったのだとか。

セルイラは、自分のすべてを犠牲にしていたノアールを思うと胸が張り裂けそうになる。

ノアールの命の宣告に動揺を隠しきれずにいると、元通りに戻すことは不可能だが、少しだけなら寿命を延ばせると魔神は提案をした。

それが神子として、魔神に貢ぎ物を捧《ささ》げるというものだ。

大昔の神子は、神に願いの代償として、人々に代わり貢ぎ物を供えていたとされる。

要はノアールも貢ぎ物と引き換えに、寿命を神より頂くという、括《くく》りでいえば儀式に近しい行為だった。

貢ぎ物は、ノアールの髪の毛である。

古来より頭髪とは、重要な儀式の際に用いられる道具の一種だった。

ノアールの髪には、生まれた頃より蓄積されてきた膨大な魔力が流れていた。

それを今回、すべて魔神により持っていかれた。肩まで残してくれたことに感謝すべきなのか。

色々と思うところはあったが、頭皮から根こそぎ刈り取られるよりはマシだろう。

長年ノアールと共にあった物が一瞬にしてなくなった。それによる喪失感が凄《すさ》まじいようで、ノアールはひと月ほど本調子に戻れないらしい。

水神や魔神の話では、食欲や睡眠欲といった生きていくうえで必要とされる欲求を満たせば自然と回復していくとのことだ。

（ノアールに残された時間は、六十年前後……）

それがノアールの寿命。

人間の感覚では、それなりに長生きした部類に入る。

けれど延ばした寿命の年数を聞かされたときのアルベルトやメルウの反応から察するに、魔族にとってはあっという間の時間なのだろう。

魔族は長寿の種族。中でも魔王は、歴代最高で千年を生きたとされている。

魔族の寿命に当てはめると、ノアールの残された命はほんのわずかなものだった。

(アルベルトやミイシェも、ちょっと落ち込んでいたな……)

親が子よりも早く寿命を全うするのは仕方がないことだ。

それでも、的確に年数を言われて平気でいられるほど、二人は大人ではない。


『──長い髪がよかったか?』

セルイラが寂しそうに短くなった毛先を見つめていたからだろう。ノアールは「前の自分がお好みか?」というニュアンスで尋ねてみる。

『ううん。どちらでも』

『……そう、か』

さらりと返され、ノアールは密《ひそ》かに撃沈した。

『髪の長さなんて気にしないわ。わたしはノアなら、なんだっていい』

『そうか……』

セルイラの言葉と共に、ノアールの気分に花が咲く。口から出たのは全く同じ言葉だというのに、声音がこうも違う。セルイラにそこまではっきりと言われると、逆にノアールのほうが照れていた。

ノアールが無言のまま照れていると、セルイラが優しい手つきで彼の髪を触り始めた。

『……セラ？』

『あ、突然ごめんなさい。ここがちょっと、跳ねていたから』

『いや、いい』

ノアールは、引っ込めようとしたセルイラの手を掬《すく》い上げるように握った。

指と指がしっかりと絡まり、互いの熱が交互に伝わる。

徐々に体温の低いノアールの手とセルイラの体温が混ざってゆく。握り合う手と手が、じんわりと二人の温度に変化していった。

『あなたに触れられるのは、心地がいいんだ』

満足そうにしながら、搦《から》め捕ったセルイラの手を頬に這《は》わせるノアール。今度はセルイラが真っ赤になって照れる番だった。

たまらずにセルイラは顔を横にそらす。

その瞬間、ノアールはセルイラを寝台に引き入れた。

「わっ」

小さく悲鳴をあげたセルイラは、ノアールに全身を預けるように倒れ込んだ。

慌てて上体を起こそうとするが、背中にきつく腕が回され、体と体が隙間なく密着する。

「ちょ、ちょっと！　ノア」

「すまない」

ノアールはセルイラを胸の中に閉じ込め、それはそれは嬉しそうにぱあっと微笑んでいる。台詞《せりふ》と表情がまるで一致していなかった。

誰かが入ってきたら誤解を招きそうな体勢だが、その顔を見てしまうと抵抗する気も失《う》せてしまう。

セルイラは早々に降参し、ノアールの腕に身を任せた。

とくん、とくん。ノアールの心音が伝わってくる。

それだけのことにほっとしていれば、ノアールはさらに強くセルイラを抱きしめた。

『ノア……？』

上を向けば、鼻と鼻が触れ合う距離にノアールの顔があった。

『どうして、そんなに悲しそうな顔をしているの？』

『……こうしていると、思い出す。あなたが剣に貫かれ、私の腕の中で……息を引き取った瞬間を。あのような無茶をして、心臓が……握り潰されたような心地だった』

『……ごめんなさい』

小刻みに震えるノアールの体を、セルイラは抱きしめ返す。

『二百年前もそうだった。セラの故郷が炎に焼かれたとメルウから報告を受け、その後すぐにユダは私に言ったのだ。あなたは自ら、命を投げたと』

『……ええ』

セルイラは魔王の命令でメルウが故郷を滅ぼしたのだと思い込んでいたが、それもとんだ勘違いだった。あとでメルウに謝ったが、そんなことより彼は二百年前セラを守れなかったことと、今世のセルイラにとった態度を詫びてきた。あれはメルウのせいではないというのに。

『頭が真っ白になった。もう、あのようなことは懲り懲りだ』

『……わたしもよ。ユダに殺されかけているあなたを黙って見過ごすなんてできなかった。だけど、もう無茶はしない。だからノアも、一人であんなことしないでね。——お互いに、約束よ』

『……そうだな。お互いに』

その言葉にノアールは瞬《まばた》きを落として、静かに頷《うなず》いた。

思えば、こんな話をノアールから切り出されたのは初めてだった。

ここ数日は、どちらも遠慮している部分があったから。

ノアールに抱きしめられるのも、抱きしめるのも、ユダの死以来である。

『……。こうしてあの頃を思い出せば、私はセラに謝らなければならないようなことばかりをしていたな』

ふと、ノアールは言いづらそうな表情をしてつぶやいた。

『……初めは、誰でも良かったんだ。子を成せる者ならば、誰であろうと。あの男と同じ血が流れる私には、人並みの情などなく、ただ王として強いられた使命を全うすることがすべてだった』

あの男とは——第六代魔王ジグデトスのこと。ノアールの口からジグデトスのことを聞くのは初めてで、セルイラは聞き入ってしまった。

ジグデトスは跡継ぎ目的ではなく、ただ興味本位から人間の娘を攫い、そして生まれたのがノアールだったという。

しかし、すでに攫った娘のことなどどうでもよくなっていたジグデトスは、ノアールと共に母親を城の一室に閉じ込めた。

それからノアールの母親は精神を病み、ノアールを虐げるようになる。ノアールは悲しい暴力を受け入れていた。その頃のノアールにとっては、母親の虐待が生きるうえでの理由だったからだ。

母親が老婆となり寿命が尽きた頃、時を同じくして魔王城は反乱軍の手で落とされようとしていた。

これまでの暴挙によってジグデトスに見切りをつけた大勢の魔族たちが、魔王城に乗り込もうとしていたのである。

『……魔王の血筋というのは厄介だ。どんなに愚かな王であっても、あの男には魔族を従える力があった。魔王が施した魔法防衛の前に、反乱軍は成すすべがなくなった』

そんなときである。母親の亡骸と共に閉じ込められていたノアールが、部屋の外に出たのは。

理由は、空腹だった。

このとき反乱軍の応戦に城内が忙しくなり、ノアールの元には食事さえ運ばれなくなっていた。

生きる理由だった母親の暴力がなくなり、空腹により命の限界が迫っていたノアールは、無自覚に魔王の血筋としての力を引き出した。

それに気がついたジグデトスがノアールを殺めようとするも、父親を殺せるほどの力がすでにノアールにはあったのである。

『この先はセラも、知っているだろう？』

ノアールが実の父親を討ったのは、前世でメルウやナディエーナに教えられた。

だが、生まれた瞬間から閉じ込められ、暴力を受けていたことなど知らない。

壮絶なノアールの幼少期に、セルイラは我慢していた涙が零れそうになってしまう。

『……子どもの頃のあなたに、会えたらいいのに』

『……？』

『そうすれば、今のあなたがしてくれているように、わたしが子どものあなたを抱きしめてあげられるわ』

そんなことできないとわかっていても、幼いノアールのことを思うと口走ってしまう。

強がって唇を噛み締めたセルイラに、ノアールはふっと優しく笑った。

『いいんだ、それは。もう終わったことだからな。……だが、幼少の記憶が影響していたのは事実だろう。今思えば、私がどれだけセラに不誠実であったかよくわかる』

ノアールは悔いているようだが、二百年前の魔族が人間を娶るという行為は、第一に子を作るため。誠実だった魔族のほうが少ない。子どもが生まれたら用済み、また同族である魔族の女性を本妻にしているというのもざらにあった。

むしろノアールは誠実なほうだろう。初めからセラだけを妻に娶り、ほかの女性に入れ込むこともなかったのだから。たとえそれが、単にあの頃のノアールが他者に無関心だというだけだったとしても。

『……でも、わたし知っているのよ。あなたがどうして、自分の妻にわたしを……わたしが住んでいた村を選んだのか』

前世のセラが生まれた村は、オーパルディア国内でも一番に貧しかった。

そんな村からなぜノアールが妻を娶ろうと思ったのか。

セラだった頃、メルウに尋ねてみたことがある。

『どれも同じ人間の娘ならば、最も貧しい村の娘を選んでおけ——って、メルウさんに言ったのでしょう？』

『それは、できるならば忘れて欲しい物言いだな……』

『でもね、わたしはそれが、あなたの優しさなのだと思ったの』

魔王の妻になるということで、村には施し物としてたくさんの物資が届いた。

弟たちが生まれて初めて腹を満たし、幸せそうにしていたのをセルイラは今でも思い出せる。

ノアールはジグデトスとの血の繋がりを憂いているが、セルイラははっきり言った。

『ノアはジグデトスとは全く違う。あなたは優しい人よ。もちろん初めからうまくはいかなかったけど、アルベルトが生まれてからどんどん変わっていったわ。お腹にミイシェがいるとわかってからは、よくあの中庭に来てくれたでしょう？　わたしが無理をしていないかって』

今だからこそ言えるセルイラだが、セラだった頃はノアールの不器用な気遣いを理解できていなかった。そばにいたナディエーナにもよく『魔王様はセラ様が心配で政務を切り上げたのですよ』と諭されていたものだ。

『……たしかに初めは子を残すためにすぎなかった。しかしいつからか、ふとしたときにセラを思い出すようになった。あのときにはもう、私はあなたに惹かれていたのだろう』

そう言って、ノアールはセルイラの頬を撫でる。

扱いに不慣れなだけで、今も昔も、ノアールの深い思いやりは変わらない。

その証拠にと、セルイラの視線はあるものに注がれた。

『ノア、聞いてもいい？』

『……ん？』

『これってわたしがずっと前に、ノアに渡した花よね？』

寝台の右隣――サイドテーブルに置かれているのは、わずかに萎れかけている紫色の花だった。

二百年前にセラは、魔王城内の小さな中庭で花々を育てていた。

紫の花もその中の一種である。

その頃セラはノアールを少しずつ意識し始めており、彼の瞳と同じ色の花を、つい渡していたのだ。

『これは、魔法がかけてあるの？　だから完全に枯れないのね』

『……花はよくわからないが……この花は、気に入ったんだ。枯らすのはもったいない』

『それでずっと持ってくれていたの……』

二百年前は知ることができなかったノアールの一面に、つい顔が綻ぶ。

『嬉しい。この色、あなたの瞳に似ているなってあのとき思っていたの。大切にしてくれてありがとう、ノア』

『……』

ノアールの口元が緩んでいる。これは、照れと嬉しさ両方の感情だ。

『……セラ。私も一つ尋ねたいことがある』

花に和んでいれば、ノアールは少々聞きづらそうに口を開いた。

『どうしたの？』

『……ここ数日、鏡に映る顔を見て悩ましげなのは、一体なぜなんだ？』

『……っ、見ていたの!?』

『見えてしまったんだ』

そのことを、ノアールは密かに疑問に思っていたらしい。

『……その、それは――』

『それは？』

『だって……ノア、言っていたじゃない。前世のわたしのこと、煤《すす》けた赤錆《あかさび》の髪を深い夕暮れの色だとか。そばかすが可愛らしいとか、くすんでいた目の色を暖かな落ち葉の色だとか言うから！』

『よく私の言ったことをそこまで覚えていたな』

『覚えちゃうでしょうそんなの！　だから、生まれ変わったわたしは、似ても似つかなくなっちゃったから……鏡に映った自分が、気になって』

ここまできたらと、セルイラはすべて暴露する。

二百年前の自分に、今の自分が嫉妬まがいな感情を持っていたとノアールに伝えることになるとは。この話題を出したくなくて、この数日はギクシャクしていたのかもしれない。

『……はぁ』

セルイラが羞恥に悶《もだ》えていると、旋毛《つむじ》にノアールの息が吹きかかった。

『どうしてため息!?』

『違う、誤解だ。いや、誤解というわけでもないのだが……』

『なに……？』

『容姿のことだが……私の言葉に嘘偽《うそ》りはない。二百年前のセラに、そう感じていたことも事実だ。だが、それは全部、あなただから感じていたことだ。ほかの誰かであったのならば、そうは思わない』

もっと言えば、とノアールは続ける。

『どんな姿をしていたっていいんだ。それこそ人でなくても構わない。それがセラならば。ケルベロスであろうと、グリフォンであろうと、バジリスクであろうと……。その辺りの虫でも、それがあなたなら私は良い』

『それはわたしが嫌だわ！』

自分からふっかけた話題だったが、さすがに虫は勘弁して欲しい。

それに例えで出したほかの生き物も、すべて魔界に住まう魔獣ではないか。

『………わたし、この姿に生まれ変わって良かったって、今初めて思えた』

『そうなのか？　二百年前のあなたは可愛らしく綺麗《きれい》であったが、目の前にいるあなたも、愛らしく美しいと私は思う』

意味はあまり変わらないようにも思う。

『……うん。よくわかった』

直訳するとノアールは、セルイラがセラ、セラがセルイラであるならば、どんな姿でも好みということなのだ。

セルイラはちょっとでも悩んでいたことが馬鹿らしく……いや、どうでもよくなってきてしまった。

『ふふ、あははっ。本当に、もっと早くにノアに伝えればよかった。わたしってば、どれだけ面倒くさく考えすぎていたのかな』

『……納得してくれたか？』

『うん。十分すぎるくらいに』

セルイラはひとしきり笑い、ノアールも釣られたように微笑んだ。

『セラ』

『ん、なに？』
『私はまだ、セラに言い忘れていたことがある』
『……えっと、どんなこと？』
真剣味のあるノアールの表情に、セルイラは居住まいを正した。
とはいえ、ノアールの膝の上に半分座らされたままである。
『……セラ』
室内に流れる空気が、その声を皮切りに変わった気がした。
まるでノアールの心情を表しているかのように、しんと静まり返った部屋の中。
やっとの思いでノアールは唇を動かす。
『――愛している』
そう言ったノアールの頬は、赤く色づいていた。
ずっと言う機会を窺《うかが》っていたようで、少しばかり唐突でぎこちない。
セルイラは、ふわりと目を細め頷いた。
彼にとってそれは、愛する人に初めて贈る、愛の言葉だったのだろう。
二百年前は、どうしても伝えることができなかった。たった数文字の短い言葉。
ようやく伝え合うことができる喜びに、心が満ち足りてゆく。
セルイラは目尻に涙を滲《にじ》ませながら、ノアールに応えた。
『うん、わたしも。ノア、あなたを愛してる』
うなじに手がかかり顔があげられたと同時に、セルイラの唇は優しく奪われていた。

触れた唇の柔らかさに、身が竦《すく》んでしまう。けれどノアールは抱きしめる力をより強くする。

（……知ってる？　わたし、これが初めてなの）

今世はもちろん、前世だってこのようなふれあいをしたことなどない。

髪が触れてくすぐったい。けれど伝わってくる体温がたまらなく心地よい。

（……。く、くるしいっ）

うまく息継ぎができないでいるセルイラに、合間に見えたノアールの紫の瞳が柔らかく緩んでいく。

唇を離したあと、どんな顔をすれば良いのかわからない。

そのとき、扉が開けられる音がした。

『ママ、パパー！　きたよー！』

『ミイシエ！　んな急いで入るんじゃね……って、二人してなにしてるんだよ!?』

『アルベルト……騒ぐな』

『あー、ママとパパいいなぁ。ミイシェにもして欲しいなぁ。ちゅって』

『ふふ、おいでミイシェ』

『アルベルト……』

『俺はいい！　父さんもそんな目でこっち見るなよ！』

『じゃあ、おにーさまにはミイシェがちゅーしてあげるっ』

『………ぐぐぐ』


二百年前、わたしは、あなたに恋をした。

それはいつしか形を変えて、かけがえのない芽生えとなった。
あなたへ捧げる想いに言葉を乗せるのなら、それは一つしかない。
——愛している。
わたしはあなたに恋をして、なににも代えがたい愛を見つけた。

後日談

これは、ユダとの衝突から半月が経《た》った頃のこと。

花嫁候補の令嬢たちのオーパルディアへの帰還まで、すでに三日を切っていた。

国家間で開かれた討議会も順調に進み、あとはそのときがくるのを待つばかり。今回の件に巻き込まれた令嬢たちは、拍子抜けするほど何事もなく帰れることには疑問を持っていたが、まずは無事でいられたことに安堵《あんど》していた。

『ミイシェ、ママと離れたくないなぁ……』

東宮殿の談話室。すっかりここが魔王城内での団欒《だんらん》場所となっている。

セルイラの隣に座るミイシェは、両足をぷらぷらと揺らしながら唇を尖らせつぶやいた。

『ごめんね、ミイシェ。だけどこのまま魔界にいることは難しいの。これからのためにも』

セルイラはミイシェの頭をなだめるように撫《な》でる。

ここ数日、ミイシェはセルイラにべったりとくっついている。もとからそばにいることが常だったが、セルイラがオーパルディアに一度帰ると知ってからはことさらに甘えたになっていた。

『……わがまま言っちゃった。困らせてごめんなさい』

ミイシェはころんと横たわり、セルイラの膝に顔を埋めて小さく告げる。

『ちっとも困ってないわ。ミイシェがそう言ってくれて、本当はすごく嬉《うれ》しいの』

『うれしい？』

『私と離れたくないって、思ってくれているんでしょう？』

セルイラは、ミイシェの丸いおでこに軽く触れるキスをした。

ミイシェはくすぐったそうに身をよじりながらも頬を緩めて笑う。

『お待ちください、アルベルト様！』

そのとき、談話室の扉からアルベルトが姿を現した。彼の後ろには、なにやら分厚く重なった手紙の束を抱えたメルウがついて歩いている。

ご機嫌斜めな様子のアルベルトに、セルイラとミイシェは顔を見合わせて首をかしげた。

『アルベルト、どうかしたの？』

『……べつに』

セルイラの顔をちらりと一瞥《いちべつ》したアルベルトは、眉根を寄せたまま向かい側の椅子に腰をおろす。そして、テーブルに置いてあったお茶菓子を取って口に放り込んだ。

『べつに、ではありませんよ。困ったお方ですね。私が取り上げなかったら、一通残らずその場で燃やしていたでしょうに』

メルウは深いため息と共に苦言を漏らした。その顔にはわずかに疲労の色が滲《にじ》んでいる。

『こんなときに浮かれて取り入ろうとする奴《やつ》らのほうが悪いだろ。だいたい何通あると思ってんだ！馬鹿か！　全部燃やせよ!!』

『それはできかねます』

『あの、メルウさん……？』

おずおずと声をかけたセルイラに、メルウは頭を下げる。

『おくつろぎ中のところ大変申し訳ございません。セルイラ様、ミイシェ様』

『なにか問題でもあったの……？』

『問題と言えば、問題ではありますね。実は、アルベルト様の縁談が次々と持ち上がっておりまして』

『ばっ……メルウ、言うんじゃねぇ！』

アルベルトは言葉を遮ろうとしたが、すべてを聞いてしまったあとだった。

花嫁候補の令嬢をオーパルディアに送り返すことを知った魔族たちが、この機会を逃すものかと行動を起こした結果が、メルウの抱える手紙の束なのだという。

晩餐会《ばんさん》や非公式の社交会などに招き、まずはアルベルトに目を留めてもらおうと皆必死だった。

『王家から縁談を持ちかけられることはよくある話だけど、逆は珍しいというか……寛容なのね』

『そのあたりの進言には多少目を瞑《つぶ》っています。受理するかどうかは別として、機会が増えることはこちらとしても喜ばしい限りですので』

しかし、先ほどアルベルトが述べたように、こんなときに考えられるものでもないだろう。

今はオーパルディアへの対応と、ユダに関して怪訝《けげん》の念を持った者たちを諫《いさ》め、管理が滞っていた西宮殿の一新と、やることは山積みだ。

『だめだよ、おにいさま。アメリアがいるのに』

『ぶっ‼　どうしてそこで、アメ、アメリアが出てくるんだっ』

『アオくんも言ってたよ。ここぞってときに男にならないと、もうそれ男じゃないってー』

『あいつ……ミイシェになに吹き込んでやがる……』

アメリアを気にしてはいるアルベルトだが、本人はこの先どう接すればいいのか迷っているらしい。

とはいえ、縁談は断固として受け入れる気はないようで、むっつりと腕を組み全身で拒んでいた。

『はあ……かしこまりました。では、こちらは私のほうで処理しておきます。ちょうど良い時間ですし、少し休憩でもなさってください』

縁談の件を一旦保留にしたメルウは、続いてセルイラに用件を伝えた。

『セルイラ様。魔王様が寝室にお戻りになられました』

『本当？　今日はいつもより早かったのね』

本調子ではないノアールだが、すでに通常の政務をおこなっている。

もともと他人の手を借りずに一人でこなしていた癖もあるため、メルウも休ませるのには苦労していたが、セルイラの言葉があって本人も体調を気遣うようにはなっていた。

そして、ノアールが休息をとっているときは、大抵セルイラが寝室まで顔を出している。

お茶をしたり、他愛《たわい》のない会話を挟んだりと、些細《ささい》なことだがセルイラにとってはすべてが満ち足りたひとときだった。


ノアールの寝室は中央の宮殿にあるため、東宮殿からは多少の距離がかかる。

今回は、アルベルトがセルイラを寝室まで送り届けてくれた。

『休憩中にありがとう、アルベルト』

『べつに。こんなの大した距離じゃねえ』

『ふふ、そっか』

ぶっきらぼうだが、セルイラにはそんな態度も可愛く感じてしまう。

自分が母であると打ち明けてから半月は経ったが、ツンとした反応は再会した当初からあまり変わっていない。これもアルベルトの性格なのだろう。

セルイラを母だと認めているが、照れくささと慣れなさから少々目立った粗暴さはあるものの、魔界に召喚された当初を思い出すとアルベルトもかなり変わったように思う。

『ねえ、アルベルト』

『なんだよ』

『アメリアとは、どうなりたいの』

質問のあと、アルベルトの歩みがぴたりと止まる。

もう目と鼻の先にノアールの寝室に繋《つな》がる扉があるのだが、アルベルトの言葉を聞こうとセルイラも立ち止まった。

『……ど、どうって。なんだ』

『それを聞いたつもりだったのだけど』

『〜〜っ』

おかしな唸《うな》り声を発しながら、アルベルトは顔を顰《しか》めてしまった。

アルベルトはわかっているのだろうか。アメリアがオーパルディアに帰ってしまえば、今まで以上に距離が遠くなってしまうことに。

それも互いが相手を望んでいないのなら、場を設けて顔を合わせることも難しくなってしまう。

『……どう、どうなりたい、どう……どう』

『ちょっとアルベルト、大丈夫？』

どうどうと繰り返し唱え始めてしまったアルベルトに、セルイラは余計なことを言ってしまったと後悔した。

どれだけ気にかけていても結局は当人たちの問題になってくる。

外野が過剰に突《つつ》きすぎても、ただ余計なお世話になるだけで進展は図れないだろう。

『変なことを言ってごめんね。あなたはあなたでゆっくり考えればいいから』

眉間に皺《しわ》を寄せて考え込んでしまったアルベルトに、セルイラは気遣いの言葉をかけるのだった。


『――という話を、さっきまでアルベルトとしていたの』

かれこれ何度も出入りをしているノアールの寝室は、二人用のソファが新しく二台設置されていた。

窓際に置かれたソファの右側にセルイラが座り、その横にノアールが腰をおろして先ほどあった話を聞いている。

楽しそうに話すセルイラの横顔を、同じく楽しげな表情で眺めながらノアールが相槌を打っていた。

『でも、アルベルトばかりが意識しているわけじゃなくてね。本人に聞いたわけではないけど、アメリアもアルベルトのことは好意的に見ているみたいで』

『……そうなのか？　アルベルトのほうは言わずともわかりやすいが』

『ええ、それで――』

そのとき、ノアールの手がセルイラの髪に伸びる。

ノアールの指先がセルイラの横髪に触れると、優しい手つきでそっと耳にかけてやった。

『なにかついていた？』

『ああ、気にしないでくれ。髪で隠れていたから寄せただけだ。こうすれば顔がよく見える』

満足そうに微笑《ほほえ》んだノアールは、そのままセルイラを真正面から見つめた。

（わたし、本当にこういうことに弱い……）

セルイラは毎回といっていいほど、こうしたノアールの行動にどきりと心臓を高鳴らせている。

ノアールは決して狙っているわけではないのだが、セルイラへの惜しみない寵愛《ちょうあい》がわかりやすく仕草に出てしまっているのだ。

そして蕩《とろ》けるような笑みをセルイラに向けて浮かべるので鼓動は速くなる一方であった。

『それで？』

『え？』

『話の続き、聞かせてくれ』

『ああ……続きね……続き』

今の一連の流れに気を取られてしまい、すっかり話の続きが頭から抜けてしまった。

不思議そうにこちらを見つめてくるノアールに居たたまれなくなり、セルイラは思いついたままに口を開いた。

『わたしの話もいいけど、ノアの話も聞かせて？　ここのところわたしばかり話してしまってるもの』

『しかし、特に面白いことは言えないぞ』

『面白い話が聞きたいんじゃなくて、あなたの話が聞きたいのよ』

『そうだな……』

ふむ、と軽く思案したノアールは、すぐになにか思い出したような顔をしてセルイラを見返す。

てっきり新たな話題が展開されるかと思いきや、ノアールはふっと笑んでセルイラに尋ねた。

『セラ、今晩時間を作れるか？』

＊＊＊

日が落ちて、青々しく輝く半月が夜空に浮かんだ。

昼間ノアールに言われたとおり、セルイラは同室のアメリアが寝静まった頃に寝床を抜けてバルコニーに出ていた。

(この時間にここで待っていてって……一体なんだろう)

それ以上の詳細を聞かされていなかったセルイラは、星が瞬く空をぼんやりと眺める。

柔らかな夜風がセルイラの髪を揺らした瞬間、黒い影が視界を染めた。

『セラ』

ばさばさと、翼の羽ばたく音が鼓膜に響く。

『ノア……!?』

影の正体が両翼を広げたノアールだと判明したとき、セルイラは強い力で彼の体に引き寄せられていた。

『ノア！　体はつらくないの⁉』

『問題ない。むしろ鈍った体にはちょうど良い』

セルイラの問いにノアールは翼をはためかせながら口を開いた。

魔族の翼は初めから背中に生えているのではなく、魔力を練ったことで表れる代物だ。形の維持や動作には細やかな魔力操作が必要であるため、今のノアールにはうってつけな鍛錬である。

鍛錬に最適なのは理解できるし、それにセルイラが付き合うことになったのもいいのだが。

寝衣姿で天駆ける状況というのは予想以上に心もとなく、地上との途方もない距離にセルイラは思わず目を瞑ってしまった。

『セラ、怖くはないか』

『だ、大丈夫』

横向きに抱かれたセルイラが懸命にノアールの首に腕を回せば、腰に添えられていた大きな手に力が入る。

不思議なことに、それだけで感じていた恐ろしさが一気に払拭されていた。

『放しはしないから、安心してくれ。だが、すまない。やはり先に話をしておくべきだったな』

確かに説明不足ではあったが、どうやらノアールはセルイラに見せたいものがあったらしい。

空中を迷いなく移動するノアールに身を任せていれば、見覚えのある場所にたどり着いた。

（ここは、湖……？）

上空からだと判断がつきにくかったが、そこは魔王城の裏手にある湖だ。

ノアールに抱えられたセルイラは、湖の真上から景色を見下ろしていた。

(あれ、どうして湖に光が……)

じっと凝らして目下を確認したセルイラは、湖の底で星のようにきらめく輝きに息を呑《の》んだ。

美しく水底を彩るのは、星ではないなにか。

セルイラは答えを求めるようにノアールに目を向ける。

『あれは水晶石。魔力に反応し光を灯《とも》すものだ。それが今夜、見頃だと聞いていた』

『わたしに、見せようと連れてきてくれたの？』

ノアールはうなずくと、同じように湖面へ視線を落とした。

『気に入ったか？』

『……ええ、すごく！　湖にこんな見方があるなんて知らなかったっ』

高揚感が満ち溢《あふ》れたセルイラの言葉に、ノアールはどこかほっとした様子だった。

天と地から放たれる光の影響だろうか。さらりと靡《なび》いたノアールの黒髪が、より艶やかに見える。

それからしばらく二人で湖を眺めていたが、ふいにノアールがセルイラに目を移した。

『これで少しは、気が晴れるといいのだが』

『え……？』

思わずこぼれた声。セルイラの蒼《あお》い瞳が動揺の色を浮かべた。

セルイラを見つめるノアールは、いつになく真剣な面差しでいる。

『帰還の日が迫るにつれて、どこか不安そうにしていただろう』

断言するノアールに、セルイラは言葉を詰まらせてしまった。

それも図星だったからである。できる限り表には出さないようにしていたセルイラだが、ノアールには気づかれてしまっていた。

『そんなに不安そうに、見えた……？』

『私の目に、そう映ったように見えたというだけだ』

聞き返したセルイラの頬を、ノアールは優しく撫でる。

まるで、すべてわかっているのだと、言われているような気になった。

『……ノアの言う通り、実は少しだけ不安だった』

セルイラはぽつりぽつりと、自分の胸の内をノアールに話し始める。

オーパルディアに帰還してアルスター伯爵家に戻ったとき、セルイラは前世のことをすべて打ち明けるつもりでいた。

しかし、二度目の人生で出会った大切な家族に、一度目の自分の話をすることには、やはり戸惑いを覚える。

今まで隠していたという罪悪感や、ノアールと添い遂げたいという意思を受け入れてもらえるのか。

その決意は、もうひとつの家族を裏切る行為になってしまうのではないか。

オーパルディアへの帰還が迫るたびに、セルイラにはそんな心配がつき纏《まと》っていたのである。

『もし、受け入れてもらえなかったら……って、それればかり考えていたけれど。湖を見ていたら、気持ちがすっと軽くなったの。ノアのおかげね』

『……遠慮などせずに寄りかかればいい。不安に思うことがあるのならば、どんなことでも聞き入れたいと思っている』

その言葉に、もしやと考える。

ここ数日ノアールが妙に聞きに徹していたのも、セルイラの様子を慮《おもんぱか》ってのことだったのだろうか。

そう思うと、たまらなく胸が熱くなってくる。

『ありがとう、ノア。ここに連れてきてくれて』

深い感謝を伝えれば、その宝石のような紫の眼《め》が優しく細まった。

感極まってノアールの胸板に寄り添えば、息を呑む音が頭上から聞こえてくる。

『……ああ、手がふさがっていて幸いだった』

言い訳にも似た吐息混じりの囁《ささや》きが、鼓膜に触れた。

『ノア、今なんて――』

なんと言ったのか聞き返そうと顔を上に向けたところで、その唇が額に優しく触れてくる。

続けて柔らかく啄《ついば》むように、触れるだけの口づけが目尻、瞼《まぶた》、頬へと下り始めた。

あまりのくすぐったさに身を引きそうになるが、横抱きされていては離れることはできない。空中に逃げ場があるはずもなく、セルイラはされるがままになっていた。

『……あまり無防備な顔をしないでくれ』

セルイラの顔は、熟れた林檎《りんご》と同じくらいに赤く色づいている。

その表情を目にして困ったように微笑んだノアールは、最後に軽くセルイラの唇に自分の唇を押し当てた。

『……そろそろ戻る頃合いだ』

空を仰いで月の位置を確認したノアールが、小声でつぶやく。

セルイラは火照った顔を片手で扇《あお》いで冷ましながらも、威嚇した猫のような視線をノアールに投げた。

『ノアール、ずるい。そういうところ、ずるいわ』

『……なぜ怒っているんだ？』

『わたしはこういうことに慣れていないのに、あなたはとても手慣れているんだもの。わたしばかり余裕がなくなって恥ずかしい』

ふいっと顔をそらしたセルイラに、ノアールは今までにないほどの盛大なため息をついてみせた。

『……やはり、共にオーパルディアに行くべきだろうか』

『え、急にどうして？』

『貴殿の大切な娘を改めて妻にしたいと、アルスター伯に直接伝えなければならない』

『魔王のあなたが急に現れたら、みんな驚いてそれどころじゃないでしょ！』

ノアールが突拍子もないことを言い出したおかげか、逆にセルイラの頭は冷静さを取り戻していた。

『ほら、ノア。これ以上は体に障るから戻りましょう？』

『もう体は問題ないと言っているのだが』

『なに言ってるの。しばらくは安静にしていなさいって、アオも言っていたじゃない』

変なところで意固地な様子に笑いを誘われながら、セルイラはノアールに身を任せる。

湖を離れる頃、セルイラの胸中に渦巻いていた不安は、美しい景色に上書きされるようにすっと消え去っていたのだった。

あとがき

はじめまして、夏みのると申します。

この度は本作をお手にとっていただき誠にありがとうございます！

悲しい前世、魔王、ファンタジーと、好きな要素を詰め込んだ物語がこうして書籍化に至れて本当に嬉しく思います。

苦難を乗り越えようやく結ばれたセルイラとノアール、そして子供たちや周囲の人々など、その先の未来が明るいものになってくれたらと作者も願っています……。

そして、イラストを担当してくださった成瀬あけの先生。世界観やキャラクターをこんなにも美しく繊細に描いてくださってありがとうございます！

不慣れな私をここまで導いてくださった担当編集さま。ご迷惑や面倒をお掛けしましたが本当にお世話になりました！

また、この本の制作に関わってくださったすべての方々に、感謝を申し上げます。

最後になりますが、ウェブから応援してくださった読者の皆様、ここまで読んでくださった皆様、本当にありがとうございました。

花嫁《はなよめ》候補《こうほ》の令嬢《れいじょう》は、200年前《ねんまえ》、魔王《まおう》に恋《こい》をした。

2021年10月5日　初版発行

初出……「花嫁候補の令嬢は、200年前、魔王に恋をした。」
小説投稿サイト「小説家になろう」で掲載

著者　夏 みのる

イラスト　成瀬あけの

発行者　野内雅宏

発行所　株式会社一迅社
〒160-0022 東京都新宿区新宿3-1-13 京王新宿追分ビル5F
電話　03-5312-7432（編集）
電話　03-5312-6150（販売）
発売元：株式会社講談社（講談社・一迅社）

印刷所・製本　大日本印刷株式会社
ＤＴＰ　株式会社三協美術

装幀　世古口敦志・前川絵莉子（coil）

ISBN978-4-7580-9395-8

おたよりの宛て先
〒160-0022 東京都新宿区新宿3-1-13 京王新宿追分ビル5F
株式会社一迅社　ノベル編集部
夏《なつ》みのる 先生・成瀬《なるせ》あけの 先生